¡NOSOTROS!

Liliana Colanzi
Vocês brilham no escuro

TRADUÇÃO
Bruno Cobalchini Mattos

VII Prêmio Internacional de Contos Ribera del Duero (2022)

*mundaréu

© Editora Mundaréu, 2023 (tradução e textos complementares)
© Liliana Colanzi, 2022

Publicado por acordo com Rogers Coleridge and White Ltd., London

Título original
Ustedes brillan en lo oscuro

COORDENAÇÃO EDITORIAL E TEXTOS COMPLEMENTARES
Silvia Naschenveng

CAPA
Estúdio Pavio

DIAGRAMAÇÃO
Luís Otávio Ferreira

PREPARAÇÃO
Silvia Massimini Felix

REVISÃO
Fábio Fujita e Vinicius Barbosa

Edição conforme o Acordo Ortográfico da Língua Portuguesa (1990).

Dados Internacionais de Catalogação na Publicação (CIP)
Angelica Ilacqua CRB-8/7057

Colanzi, Liliana
Vocês brilham no escuro / Liliana Colanzi ; tradução de
Bruno Cobalchini Mattos. –– São Paulo : Mundaréu, 2023.
112 p. (Coleção Nosotros)

ISBN 978-65-87955-15-5
Título original: Ustedes brillan en lo oscuro

1. Literatura latino-americana 2. Contos I. Titulo II. Mattos, Bruno Cobalchini
23-1194   CDD 860

Índice para catálogo sistemático:
1. Literatura latino-americana

2023
Todos os direitos desta edição reservados à
EDITORA MUNDARÉU LTDA.
São Paulo – SP
🌐 editoramundareu.com.br
✉ vendas@editoramundareu.com.br
◎ editoramundareu

Sumário

7   Apresentação

Vocês brilham no escuro

17   A caverna
33   Atomito
61   A dívida
73   Os olhos mais verdes
79   O caminho estreito
93   Vocês brilham no escuro

111   Nota da autora

Apresentação

Liliana Colanzi Serrate (Santa Cruz de la Sierra, Bolívia, 1981) é formada em comunicação social pela Universidad Privada de Santa Cruz de la Sierra, mestre em estudos latino-americanos pela University of Cambridge e doutora em literatura comparada pela Cornell University, na qual atualmente é professora assistente e conduz pesquisas sobre ficção científica, terror e o fantástico na literatura latino-americana moderna e contemporânea.

É autora das coletâneas de contos *Vacaciones permanentes* (2010) e *Nuestro mundo muerto* (2016) — esta última, finalista do Prêmio Hispano-Americano de Contos Gabriel García Márquez —, além da presente *Vocês brilham no escuro* (2022) — vencedora do Prêmio Ribera del Duero. Recebeu também o Prêmio Internacional de Literatura Aura Estrada (2015), no México, e foi escolhida como um dos melhores escritores latino-americanos com menos de quarenta anos pelo Hay Festival (Bogotá39-2017).

Colanzi é também fundadora da pequena Dum Dum Editora, na Bolívia, que busca difundir livros que tenham intento e estilo experimentais, abarcando gêneros híbridos, ensaio, ficção científica, bem como resgatar obras do passado que não encontraram seu lugar no cânone literário. De acordo com a própria, a editora olha o passado para perscrutar o futuro, tem um pé na selva e outro em Marte, um na Bolívia e outro na América Latina.

O currículo de Colanzi, em especial suas escolhas acadêmicas e editoriais, é particularmente relevante para iluminar sua obra. Em *Vocês brilham no escuro*, impulsos sociais como o receio por uma reação infundada do namorado, o desejo por adequação a uma estética-padrão ou pelo pertencimento a uma "família de renome", bem como sentimentos derivados do emprego de tecnologia, como a ameaça de uma usina nuclear vizinha, a limitação da vida por um "perímetro" ou as consequências da radioatividade em uma comunidade, convivem com *chichas*, zapotecas, *huacas* e santinhas.

De fato, uma forte vinculação a determinado espaço une os contos, seja a região de Oaxaca, no México, El Alto, vilarejos amazônicos ou uma comunidade religiosa no centro da Bolívia, ou Goiânia. Não são lugares centrais, nem nos noticiários, nem em suas regiões, nem no imaginário popular; mas, nestes contos, a história e a cultura desses espaços marcam vivamente as personagens e suas trajetórias.

Ao premiar este livro, o júri do Prêmio Ribera del Duero, do qual faziam parte os escritores Marta Sanz, Cristian Crusat e Rosa Montero, destacou a "grande originalidade e potência expressiva" da obra ao construir "mundos estranhos que unem instrumentos de realismo e ficção científica para levar a cabo uma crítica que nos põe frente ao desconsolo e à inquietude da vida".

Ao ler *Vocês brilham no escuro*, o sentimento é de estar com um pé fincado na América Latina e outro flutuando em um satélite.

São Paulo, fevereiro de 2023.

*mundaréu

Vocês brilham no escuro
Ustedes brillan en lo oscuro

Para Ed

A montanha flui, o rio está sentado.

Dōgen

A caverna

1

Caiu de bruços e machucou a barriga inchada. Não havia visto a pedra. A carne do coelho se esparramou na neve, salpicando-a de manchinhas rubras. A jovem se arrastou até a caverna. Algo havia arrebentado em seu interior e escapava por entre suas pernas. Uivou de dor: os morcegos passaram em bando por cima de sua cabeça.

Tinha começado a inchar diversas luas depois de uma celebração para a qual convidaram homens de outro clã. Não sabia quem a engravidara, e não importava. O que importava era a destreza para caçar e a agilidade para correr, e sabia-se que as fêmeas embuchadas eram mais lentas e ficavam para trás, por isso deviam permanecer no assentamento até que chegasse o momento de parir.

A dor a derrubou de costas. Tentou lembrar o que as mulheres faziam nessas situações. Com os olhos da mente viu sua mãe de cócoras, expelindo no chão crias magras e azuladas que invariavelmente morriam em poucos dias. Só ela e a irmã haviam sobrevivido, eram fortes e tinham habilidade para seguir aferradas à vida. Pôs-se de cócoras e sentiu de imediato o impulso de empurrar. Não devia ter se afastado do assentamento estando inchada, mas se entediava na companhia das velhas enquanto as fêmeas jovens perseguiam em grupo o rastro dos bisontes. De modo que saiu sem ser vista e foi verificar uma armadilha que ela mesma havia montado tempos atrás com galhos de pinheiro: encontrou o coelho tremendo, preso entre os galhos, e sentiu uma alegria inocente ao degolá-lo.

Satisfeita consigo mesma, não reparou na pedra... e por esse descuido bobo estava botando para fora o volume antes da hora e sem ajuda. Por sorte a cria já deslizava por entre suas pernas, uma salamandra úmida. Procurou-a tateando, mas um estremecimento partiu sua coluna em dois. Outro volume...! A segunda cria caiu ao lado da primeira. Tombou sobre os cotovelos, exausta, e cortou com a faca as tripas arroxeadas que a conectavam às criaturas recém-nascidas.

Ergueu as crias melecadas, uma em cada mão: uma fêmea e um macho que estendiam para ela seus bracinhos estriados pelas delicadas raízes de suas veias. Ao mesmo tempo congelada e ardendo de calor pelo esforço, confusa em seu cansaço, fitou-as intrigada. Acabara de lhe ocorrer algo terrível, aquilo que as velhas sussurravam ao redor do fogo: havia parido crianças duplas. Sinal inequívoco de sua transgressão. As bocas diminutas, idênticas e famintas, se agarraram às suas tetas, e a tração — ao mesmo tempo prazerosa e dolorida — aliviou o intumescimento dos mamilos.

Ao longe um coiote cantou: a noite galopava ali perto. Havia sobrevivido à prenhez como antes sobrevivera aos gonfotérios, ao frio, à fome e à febre. O instinto da vida voltava a se revolver dentro dela, alerta e afiado. O vento impulsionou lufadas de neve entre os sincelos e a lembrou de que precisava se apressar. Tirou as crias das tetas e as aproximou da luz para contemplá-las outra vez: eram quase translúcidas, cobertas por uma penugem finíssima. Levou-as até o fundo da caverna e, em um gesto motivado pela curiosidade ou pela brincadeira, imprimiu as quatro pequenas plantas dos pezinhos ensanguentados na parede da caverna e ao lado estampou as palmas das próprias mãos sujas. A simetria das marcas na rocha despertou nela a sensação de ter realizado alguma coisa. Então, com a mesma expressão vazia que havia usado com o coelho, abriu um talho no pescoço das crianças duplas. As crias emitiram um miado suave antes de serem cobertas pela escuridão.

Ela deu um passo para fora da caverna e, já sem bucho, se pôs a correr pela estepe nevada.

2

Xóchitl Salazar, auxiliar de cozinha de vinte e dois anos, se perdeu certa noite durante uma tempestade de raios enquanto voltava a pé para seu vilarejo após trabalhar em uma vendinha de *tamales* no festival de Guelaguetza. Desorientada na escuridão e aterrorizada pelos relâmpagos que cortavam o céu feito varizes, foi parar na caverna. Dali, tentou se comunicar com o namorado, que não queria que ela tivesse ido à festa. Seu celular estava sem sinal, mas a luz azul da lanterna dispersou a voracidade da sombra.

O que viu ficou gravado em sua retina: a parede do fundo estava coberta de pinturas rupestres que compunham um complexo afresco pré-histórico. As imagens se sobrepunham; era evidente que haviam sido acrescentadas por diversos artistas ao longo dos séculos. A moça sentiu medo: o que o conjunto revelava era da ordem do proibido, uma heresia. O tamanho dos animais não guardava proporção com o dos humanos. Alguns eram grandes como hipopótamos ou elefantes, embora elefantes ou hipopótamos jamais tenham sido vistos em Oaxaca. E a postura das figuras humanas evocava — persignou-se duas vezes — cenas de sexo grupal. Aproximou a mão da marca da outra mão estampada na rocha: sua palma se encaixava exatamente naquele contorno.

Estava quase amanhecendo quando o tempo firmou e Xóchitl Salazar pôde enfim voltar para casa cruzando os campos, com o vestido encardido de chuva e barro e com a notícia de sua descoberta. Mas não chegou a falar. O namorado, doente de ciúmes, a esperava atrás da porta com um bastão nas mãos. Ela mal registrou o golpe. Ficou estendida de barriga para cima, com a testa afundada e a imagem daqueles estranhos animais cravada nas pupilas.

3

A luz brotou do fundo da noite sem que nenhum ser vivo percebesse. Uma chaminha prateada do tamanho de um anel, surgida do nada. A luz se deteve no meio da caverna, suspensa, inflou de repente e aumentou diversas vezes de tamanho. Dentro dela se desenhou o contorno de uma crisálida feita de água ou de alguma outra substância trêmula. Girou sobre seu eixo, primeiro sem pressa e depois à grande velocidade, até que a caverna se transformou em uma cápsula de luz vibrante. Ouviu-se o coaxar de um sapo; da aldeia chegavam os cantos em honra ao deus do trovão.

A crisálida se desprendeu da chama até tocar o chão. A luz começou a se dobrar sobre si mesma até ficar do tamanho de uma partícula, que o sapo engoliu de um salto. Já no solo, a crisálida convulsionou. Seus lábios se abriram como a boca de um peixe agonizante, e a cada espasmo vomitava no ar noturno uma chuva de partículas. Após se esvaziar, a crisálida se desintegrou.

As partículas lançadas no ar se alojaram no teto da caverna, onde foram decompostas pelos fungos ou devoradas pelos morcegos que ali hibernavam. Com o passar dos anos, esses morcegos desenvolveram uma mutação na boca e no nariz que lhes conferia maior eficiência para captar ondas sonoras e, assim, localizar insetos. As plantações do povoado próximo ficaram livres das pragas que as açoitavam e causavam ondas de fome e doenças mortais.

A partir de então, as colheitas se multiplicaram, e, com o passar do tempo, a aldeia se tornou um pequeno e florescente império: seus tecidos e cântaros, de formas e desenhos originais, se tornaram conhecidos até nos povoados mais distantes. Também começaram a esboçar um sistema de escrita silábica por meio de glifos, que utilizavam para contar como os humanos eram descendentes diretos das árvores.

Essa prosperidade provocou inveja nos povoados vizinhos. Certa noite, enquanto os moradores dormiam ébrios depois de um longo e animado festejo para o deus do trovão, viram-se cercados pelo exército inimigo. Os homens foram assassinados ou sacrificados a outros deuses, as mulheres foram feitas escravas, e as casas e os templos arderam até as fundações. Em poucos anos, ninguém mais se lembrava daquela cidade ou de seus habitantes. Só o que restou dessa fugaz civilização foi seu tecido, que se manteve vivo por meio das escravas e passou a fazer parte da cultura vencedora.

Os morcegos mutantes sobreviveram por várias centenas de anos amontoados no vórtice da caverna durante os meses de inverno, formando uma penca de pequenas bocas e orelhas pontiagudas. Com o tempo, conseguiram expulsar outras espécies de morcegos. Extinguiram-se abruptamente no final do século XVI por causa de um vírus que veio da Europa no nariz de um frade dominicano que estava a caminho de um julgamento de heresia contra os zapotecas. O homem parou para tirar um cochilo à sombra da caverna e jamais soube das consequências daquele espirro repentino que o despertou: em seu sonho, caminhava pelos pátios frescos de seu monastério em Caleruega enquanto o sol caía em linha reta sobre os roseirais.

Semanas depois, os esqueletos de centenas de morcegos, delicados como agulhas de pinheiro, atapetavam o chão da caverna. As chuvas de julho, mais fortes que de costume, acabaram por arrastá-los.

4

Os séculos de existência dos morcegos mutantes também foram prósperos para a caverna. Seu guano, composto por cutículas de insetos, sustentava a vida no crepúsculo. Os besouros depositavam na merda suas ninfas, miniaturas fósseis e famintas que ali encontravam refúgio. Dentro da matéria escura, a larva atravessava a noite fechada de sua metamorfose até eclodir em sua forma definitiva. Colônias diligentes de fungos e bactérias trabalhavam os excrementos até decompô-los, para então serem devoradas pelos coleópteros. E as salamandras, por sua vez, atraídas pelos besouros, se ocultavam nos interstícios rochosos.

Todo esse mundo colapsou com o desaparecimento repentino dos morcegos. Como em um jogo de varetas, a peça faltante fez o edifício inteiro ruir. Foram tempos de silêncio na caverna, ao menos para os olhos incapazes de ver o trabalho árduo da vida microscópica. Até que uma manada de coiotes começou a frequentar a gruta e o ciclo começou outra vez, semelhante ao anterior, mas nunca exatamente igual. O ciclo da vida cujo eixo é a merda, o guano, o excremento generoso. O presente que um ser vivo dá ao outro, sem saber, e por meio do qual a existência continua. A merda como vínculo, como elo fundamental no mosaico das criaturas.

Discreto, constante, aferrado a seu pedaço de rocha na própria fronteira da luz, o musgo parecia sempre o mesmo ao longo do tempo. Por sua colcha circulavam insetos famintos e esporos que depois o vento dispersava.

E lá no ponto mais fundo da caverna, cegos e silenciosos, moravam os troglóbios. Um mundo paralelo que havia esquecido o contato com a luz do sol. Esses hóspedes de túneis e águas subterrâneas se acostumaram a ser lentos e, de tanto viverem nas profundezas e nas sombras, perderam a cor. Os troglóbios se mantiveram intactos, inclusive quando a vida na superfície mudou. E, mais tarde, desapareceram sem jamais terem cruzado com as criaturas que viram as estrelas.

5

Encontravam-se na caverna porque pertenciam a dois povos inimigos, em guerra permanente. Ninguém se lembrava mais do motivo que dera início à inimizade, mas era tão antiga que nenhum dos povos queria viver sem ela. O casal havia cogitado fugir. No entanto, estavam rodeados de lugares perigosos onde poderiam ser capturados e vendidos como escravos. Ele havia sugerido que se escondessem nas montanhas e levassem uma vida de ermitãos. Ela lhe pediu uns dias para organizar o fluxo desenfreado de seus pensamentos.

E, finalmente, ali estavam, recostados à sombra da caverna. A moça apoiou a cabeça no peito nu do jovem. Na gruta, ouvia-se o eco das gotas que caíam das estalactites. Internamente, os jovens mal conseguiam conter a enxurrada de sensações. Havia algo de belo e envenenado nesse sofrimento, pensou ela, e acariciou o queixo quadrado do rapaz, no qual mal despontavam uns poucos pelos duros. Ela o amava, disso não tinha dúvida, mas não nascera para a vida de fugitiva. Vinha para se despedir. Iria se casar com outro e levaria a vida que seu povo desejava para ela. Sentia-se tão infeliz ao imaginar os dias vindouros que seu coração se revoltava. E se fugissem? Fácil dizer agora, de estômago cheio e com o tempo das friagens ainda distante...

Uma coisa a atormentava mais que as outras: ninguém sabia que eles se amavam. Em alguns anos eles morreriam, e chegaria o momento em que nenhuma das pessoas que os conheciam pelo nome e caminhavam agora sobre a terra estaria viva, e seria como se aquilo que surgira entre os dois jamais tivesse existido. Essa ideia tornava mais audaz e desesperado aquilo que a unia ao jovem.

Vou te ver daqui a duas semanas, ela lhe disse, desafiadora, disposta a enfrentar o que fosse necessário ao lado dele.

Na semana seguinte, estava casada com um homem de seu povo.

Alguns anos mais tarde, enquanto colhia ervas com a filha mais velha, passou perto da caverna. Buscou em seu coração a lembrança do rapaz.

Saudosa, mal conseguiu evocar seus traços.

6

Uma estalactite é uma sucessão de gotas ao longo do tempo. Ela se forma à medida que, gota após gota, a água escorre lentamente pelas fendas do teto da caverna. Cada gota pendente deposita uma minúscula película de calcita. Gotas sucessivas acrescentam um anel depois do outro, e a água goteja através do centro oco dos anéis até formar um cilindro suspenso. As estalagmites crescem para cima a partir do chão da caverna como resultado do gotejo de água das estalactites. Quando uma estalactite se encontra com uma estalagmite — em uma dança de dezenas de milhares de anos —, forma-se uma coluna. Até pouco tempo atrás, só era possível calcular a idade das formações minerais inferiores a quinhentos mil anos, mas hoje se consegue datar formações antigas de até oitenta milhões de anos. Ou seja, muitas estalactites e estalagmites começaram a brotar timidamente nos tempos dos dinossauros.

Há outros tipos de formações minerais nas cavernas: algumas assumem o aspecto de cortinas, outras de pérolas e de finas espirais de pedra calcária, e outras até se parecem com presas caninas. Uma das cavernas mais impressionantes é a de Naica, a mina de selenita de Chihuahua: o mineral forma barras transparentes, verdadeiros ninhos de gigantescos cristais sob a terra.

A mina estava em funcionamento desde 1794, mas esses cristais do tamanho de edifícios foram descobertos apenas em 2000 por irmãos que cavavam um novo túnel. O calor é tão intenso que é impossível aguentar mais de dez minutos sem equipamento de proteção, ladrões de cristais já assaram no subsolo. Dentro dos cristais se encontram microrganismos arcaicos que há cinquenta mil anos ficaram presos em bolhas de fluidos e ali encontraram condições para permanecer em um estado latente de zumbis microscópicos. Em 2017, essas bactérias foram reanimadas em laboratório: os cientistas concluíram que não guardavam nenhum parentesco próximo com nenhum outro microrganismo conhecido.

7

O portal se desenhou no ar e Onyx Müller se materializou na caverna. Desconcertade, olhou ao redor: aquele não parecia o porto no qual deveria ter desembarcado. Enviou uma mensagem de emergência a sus companheires de jogo, mas o sinal de seu dispositivo era uma chuva estática. Alguma interferência e havia arrastado a alguma paragem não indexada da *deep web*. Em lugar da réplica virtual do festival de Woodstock de 1969, a plataforma enviou Onyx a esse cenário lúgubre. Procurou os transmissores de conexão com a base, mas estavam fora de serviço. A recriação da caverna, precisava admitir, era bastante fidedigna. Esmagou um inseto de antenas compridas com a sola da bota esquerda: o bicho estalou e expeliu um líquido viscoso como o interior de um chiclete Bubbaloo.

Onyx Müller avançou até a saída em busca de um portal para retomar o contato. A luz proveniente do exterior lhe cegava: esperava que ao atravessar o umbral o cenário derretesse como plástico fundido, e então fosse levade pelo programa até a companhia de sus colegas. Em vez disso, deparou com um frondoso bosque de coníferas no qual os pássaros trinavam. A paisagem lhe pareceu uma cópia de um pôster tridimensional da antiga cafeteria California, na qual serviam os melhores donuts com glacê de chocolate de sua infância. Algo agitou a copa dos pinheiros: era o pescoço enrugado de um dinossauro. Quando a sombra caiu sobre seu corpo, Onyx Müller ergueu os olhos em busca da tormenta de pixels, mas as asas do pterodátilo se destacavam nítidas sobre sua cabeça.

8

Sua família tinha decidido emigrar, mas ele quis ficar. Não se imaginava vivendo em outro lugar; já estava velho demais e, ao contrário de seus descendentes, viagens a outras estrelas não despertavam nele a mínima curiosidade.

Quando ficou sozinho, começou a frequentar a caverna. Gostava das mariposas douradas que ali haviam feito ninho, também o intrigavam as antigas pinturas das paredes. Ninguém sabia ao certo como haviam sido as criaturas que as desenharam nem o motivo de seu desaparecimento e, à exceção dele, ninguém se interessava em averiguar. Olhar para o passado era sinal de decadência: sua família estava sempre estabelecendo novas colônias, mutando e se adaptando. Achavam obscena sua fixação pelas coisas de outrora e se esforçavam muito para escondê-la dos outros. Por isso, sua decisão de ficar havia sido um alívio para todos.

Em seus últimos dias, divertiu-se escavando os escombros depositados no fundo da caverna, limpando-os e organizando-os. Encontrou uma carapaça de tatu, animal extinto havia muito tempo, e um bracelete feminino de festa com pedras preciosas. Seu tesouro favorito era uma garrafa de Coca-Cola intacta, que poliu até deixar brilhosa e que, se assoprada com suas ventosas, produzia uma música que o lembrava dos demônios do vento de sua terra natal.

Antes de morrer, quis parir mais uma vez. Enterrou larvas de mariposa na dobra do abdômen e se embrenhou nas passagens mais profundas da caverna para ser devorado pelos troglóbios.

9

Da caverna, restava apenas um pequeno promontório no qual pousou o pássaro violeta. A pradaria estava coberta de cogumelos iridescentes que lançavam no ar nuvenzinhas de esporos. As larvas se retorciam na terra, úmidas e azuis. O pássaro, com seu longo bico sarapintado, desenterrou uma, grande e gorda. Estava com fome: acabara de voltar das terras quentes em viagem com seu bando. Haviam sobrevoado pastagens, vulcões, bosques petrificados, pradarias de cogumelos e antigas cidades submersas, e tinham voltado justamente para a temporada das larvas. Em alguns dias, as larvas criariam asas e antenas, iriam se tornar venenosas e devorariam os cogumelos, mas agora estavam no estado ideal para serem caçadas. O pássaro escavou a terra e botou um ovo dourado. A brisa fez estremecer a sombra dos cogumelos e dispersou a névoa resplandecente dos esporos. Pouco depois, uma fina camada de chuva caiu sobre a pradaria.

Atomito

Certo dia, a Força Especial de Luta contra o Crime vasculha o Bairro Chinês da cidade de Abajo[1] em busca de objetos roubados em uma série recente de assaltos a casas de luxo. Além de armas de fogo, joias, drogas de todos os tipos e eletrodomésticos, os policiais encontram obras de arte colonial removidas décadas antes de diversas igrejas rurais, destinadas ao comércio ilegal. Há anjos arcabuzeiros talhados em madeira, cálices de prata, imagens de são Jorge com o dragão e retábulos retirados de capelas antigas do altiplano para decorar salas de casas luxuosas. A força policial também encontra cachorros de raça e galos de rinha provenientes de criadouros clandestinos. A operação desmantela a gangue de assaltantes e devolve os itens aos proprietários em meio a uma grande cobertura midiática, mas a questão do tráfico de arte do período do vice-reinado é resolvida com discrição, dado o envolvimento de famílias importantes da cidade.

---

[1] Modo como moradores de El Alto se referem informalmente a La Paz. [N.E.]

Um dos incumbidos da restauração das obras recuperadas percebe algo estranho em um dos quadros. Trata-se de uma imagem do século XVIII que retrata a Virgem em forma de montanha, estratagema dos pintores indígenas para esconder o culto a Pachamama na iconografia cristã. O restaurador repara que, na parte superior da tela, os raios que emanam da Virgem — ou melhor, da montanha — se cruzam com outra figura. À primeira vista, o desenho parece uma nuvem um tanto complexa, mas um observador atento começa a intuir os contornos de um garoto vestindo uma capa de voo azul-celeste. Não se trata de um personagem conhecido, tampouco é uma maneira usual de retratar os anjos, de modo que o restaurador suspeita estar diante de uma falsificação. No entanto, o exame de raio X confirma a autenticidade da obra.

O que pode ser essa figura?, pergunta-se o restaurador. Filho de algum nobre da época, alguma deidade andina esquecida?

A informação aparece brevemente no noticiário, mas acaba sepultada por acontecimentos mais importantes.

Alguns jovens se reúnem em uma casa em El Alto. Para chegar até lá, precisam driblar os policiais que patrulham as ruas. Têm de fazê-lo a pé, sob os olhos arregalados da noite gélida e eriçada de estrelas, entre vira-latas e pneus calcinados. São parados algumas vezes e têm as mochilas revistadas em busca de bananas de dinamite ou bombas caseiras, embora uma *wiphala*[2] já seja suficiente para desencadear um interrogatório.

A casa que visitam dá para um descampado. Trata-se de uma casa de tijolos sem reboco, com um segundo andar construído pela metade e uma sensação distorcida da gravidade, como muitas moradias da região. Os vizinhos aproveitam o descampado para despejar ali seu lixo, de modo que carcaças de geladeiras e fogões velhos se erguem feito monólitos sob o céu do altiplano. Desse segundo andar vislumbram-se as luzes da Central e dos armazéns a meio quilômetro dali, tremeluzindo em um belo enxame de vaga-lumes. De dia também é possível ver os tanques militares que fazem guarda ao redor das instalações, arrastando-se como lânguidas lagartas de um extremo ao outro do perímetro.

A garota que os recebe se chama Kurmi Pérez e mora sozinha desde que a mãe faleceu, algumas semanas antes. Kurmi voltava da faculdade quando a encontrou morta em uma cadeira da cozinha, de olhos abertos e com uma cuia de mate nas mãos rijas, sem nem sequer ter tentado chegar ao hospital. Ela se deu conta de que a mãe estava

---

2 Bandeira de orgulho aimará e dos povos indígenas andinos em geral. [N.T.]

morta havia muitas horas, pois sua mão estava gelada e, ao segurá-la entre as suas, o frio saltou para o corpo de Kurmi, embrenhou-se sob sua pele como um verme e rastejou até se instalar em seu cérebro. Desde então ela sente uma dor de cabeça intermitente e não consegue se aquecer, nem mesmo vestindo os grossos blusões de lã que ela mesma tricota.

A garota usa ao redor dos olhos uma maquiagem espessa que não disfarça suas olheiras, mas as acentua, como se fossem dois buracos negros. Odeia seu nome, que significa arco-íris e ela acha cafona. Quando abre a porta para os amigos, sempre olha em todas as direções, pois teme que um drone os esteja seguindo. Sobem para o segundo andar, onde não há móveis, exceto um pequeno altar com a foto de sua mãe rodeada de folhas de coca e iluminadas por velas elétricas de todas as cores. No outro canto está o sintetizador Yamaha de segunda mão que um dos rapazes conseguiu na feira 16 de Julho. Kurmi esfrega as mãos frias; na rua, um cão esquálido late. Alguém tira da mochila uma garrafa de *singani* e eles começam a beber.

Never Orkopata, mais conhecido como Orki, perdeu todos os seus contratos de DJ nas festas de Abajo quando os distúrbios começaram. Yoni entrega frango frito em sua moto — usando um capacete alaranjado em forma de crista de galo — a fim de pagar o empréstimo tomado para comprar o caixão no qual enterraram seu pai, que morreu de câncer. O irmão de Percéfone Mamani continua em coma por causa de uma bala perdida disparada nos protestos contra a Central; os médicos não sabem se ele vai acordar. O mais novo de todos, Moko, largou o colégio e trabalha como ambulante nos micro-ônibus, vendendo cristais mágicos e anéis que mudam de cor conforme a aura de quem os põe no dedo. Kurmi também precisou abandonar os estudos para retomar o trabalho de sua mãe, tricotando bonecos de lã forrados com fibra de poliéster, mas seus dedos são desajeitados e erram os pontos o tempo todo, o que já motivou a devolução de dois pedidos.

Nesse segundo andar riem de piadas sinistras, enchem a cara, brigam, choram, dormem abraçados a imensos tigres de pelúcia e acordam com o corpo tão duro que às vezes não sabem se estão vivos ou mortos.

Há dias em que veem algum drone encarregado de vigiar o cumprimento do toque de recolher cambalear feito um pássaro bêbado, parar no ar e cair no meio da rua, sem bateria, para a felicidade das crianças do bairro, que correm para depená-lo e revender seus componentes.

Há dias em que a polícia entra na casa de algum vizinho e se escutam gritos e o som de objetos quebrando.

Há dias em que bebem tanto que se esquecem de comer.

Há dias em que sentem fome, mas não têm dinheiro nem comida.

Há dias em que a cidade amanhece coberta por uma névoa espessa que os impede de enxergar o contorno das coisas. Quando a névoa finalmente evapora, absorvida pelo sol de inverno, os tanques avançam em fila até a Central para a troca da guarda.

Um poste de luz ilumina a calçada da casa de Kurmi, um farolzinho estoico que projeta sobre a calçada uma mancha de luz esverdeada. O poste está coberto de adesivos com o rosto infantil e sorridente de Atomito, mascote da Central, que tem sardas no rosto, veste capa azul e botas brancas e se apresenta como "o superamigo de todos vocês". O poste também projeta luz na parede do vizinho da frente, na qual está escrito em letras desiguais:

CONSERTAM-SE
ELETRODOMÉSTICOS

Muita gente desfilava por ali carregando aparelhos de TV antigos, ferros queimados, tablets com defeito e fornos avariados para serem consertados e depois consertados outra vez, mas, desde que o técnico ficou doente, a porta da oficina está sempre fechada e protegida por um cadeado de aço maciço.

O bairro se chama Yareta por causa do gigantesco bulbo fluorescente que cresce no descampado, que os vizinhos cortam de vez em quando para curar a tosse. A mãe de Kurmi lhe contou certa feita que aquele arbusto crescia apenas meio centímetro por ano e, para alcançar esse tamanho, devia ter levado mais de vinte séculos. As casas de Yareta, diferentemente do arbusto, brotaram em menos de uma década como uma colônia de cogumelos obstinadamente aferrada a uma árvore torta, sem permissão da prefeitura nem qualquer planejamento senão a necessidade. Kurmi se lembra de quando era criança e ficava na fila com a mãe para encher os baldes de água na única torneira pública, bem cedo — o sol mal crepitava atrás do cume prateado das montanhas —, anos antes de as equipes da prefeitura visitarem o bairro distribuindo panfletos com o logo da Central. Os funcionários prometeram aos vizinhos títulos de propriedade sobre as terras e a transformação de Yareta em um bairro-modelo com todos os serviços básicos: água, saneamento, rede elétrica. Pouco depois chegou o asfalto, e com ele a construção dos edifícios atrás do alambrado.

Kurmi e sua mãe se sentiam afortunadas por morar perto da Central, embora o pavimento logo se tenha enchido de buracos nos quais afundavam os pneus dos micro-ônibus que passavam por ali. Kurmi nunca pisou a Central, mas uma das vizinhas de Yareta — uma mulher vinda do mesmo povoado aimará que elas, fugindo de três anos de seca — trabalhava em um dos refeitórios. A mulher lhes falou de jardins nos quais cresciam rosas todos os anos, de empregados que vestiam macacões azuis e operavam as três torres do reator, do centro de convenções de piso de mármore que brilhava feito caramelo úmido, do hotel com cinema próprio para as visitas internacionais e das quadras de tênis com grama de verdade.

Do que ninguém sabia muito era dos barris metálicos que se acumulavam nos armazéns repletos de dejetos da planta; corria o boato de que não se tratava de lixo comum corriqueiro, mas de um tipo de substância que precisava ser manejado de forma muito especial. Mas essa era uma das tantas lendas que circulavam a respeito do lugar.

A mãe de Kurmi comprou lã azul e branca e tricotou para ela um boneco do Atomito, com o qual Kurmi travava longas conversas antes de dormir. Atomito, o menino da capa azul, a pegava pela mão e a levava voando para conhecer a Central. Ali brincavam escondidos — a risada infantil de Atomito ressoava em todos os corredores —, desciam escorregando pelo corrimão do hotel, seguiam os engenheiros até as torres nas quais manipulavam painéis de controle com botões de cores vivas e, quando cansavam, assistiam a desenhos animados na sala de cinema, com imensos copos de Coca-Cola que podiam encher de graça quantas vezes quisessem.

Com a chegada do asfalto e da iluminação pública, muita gente quis se mudar de repente para Yareta; não só os recém-chegados da província, mas também alguns agiotas, artesãos que faziam trajes para a entrada de Nossa Senhora do Carmo, vendedoras de *chicha* atraídas pela bonança, transportadores, vendedores de colchões e até um comerciante que se deu tão bem importando tecidos chineses que mandou construir para si um *cholet*[3]. Foram poucos os que prestaram atenção nas manifestações contrárias à construção desses estabelecimentos atrás do descampado: os ativistas diziam que um prédio assim não devia ficar tão perto da cidade, e alguns supersticiosos achavam que naquele local estava enterrada havia mais de mil anos uma poderosa *huaca*[4] que poderia despertar a qualquer momento. De todo modo, a maioria concordava que os manifestantes eram motivados pela inveja ou pela vontade de ser do contra.

3 Prédio em estilo arquitetônico dos Andes bolivianos. O termo faz referência a *cholo* [descendente dos povos originários] e *chalet*. [N.E.]

4 Sepulcro sagrado de povos originários da América Latina, que podem ter personalidade própria. [N.E.]

Na última vez que Kurmi falou com a vizinha, esta lhe mostrou seu tíquete de acesso à Central: um cartão de identificação biométrica com o slogan "Voltarei e serei neutrinos!" escrito em elegantes letras resplandecentes ao lado da imagem de Túpac Katari. Então as coisas ficaram difíceis, e a vizinha sumiu do radar de Kurmi, até o dia em que ouviu dizer que a mulher estava muito doente. Na época, sua mãe também já havia adoecido, Atomito jazia esquecido no fundo do armário, e as pessoas começaram a olhar para a Central com desconfiança.

✳

Em uma noite ventosa e carregada de eletricidade, Percéfone aparece na casa do descampado com o rosto coberto de arranhões. Passou a tarde discutindo com os médicos do hospital de Abajo que atendiam seu irmão. Por mais que a moça insistisse que o irmão havia levado um tiro na cabeça enquanto caminhava até a ferragem onde trabalhava, os médicos o haviam denunciado por terrorismo. Os jornais apontaram o irmão de Percéfone como integrante das hordas selvagens altenses que se reuniram ostentando cartazes em frente à Central para pedir seu fechamento. Se algum dia seu irmão despertasse do coma, uma cela policial estaria à espera dele.

Quando Percéfone estava prestes a subir no micro-ônibus de volta para El Alto, três otakus de Abajo se materializaram na esquina, os rostos sinistros e debochados, e os dedos cobertos de anéis caros. O mais detestável dos três gritou "Boceta radioativa!". Percéfone os encarou, a faca nas mãos. Os otakus partiram para cima dela, e a lâmina saiu voando pelos ares como uma estrela ninja, até cair entre as grades de um bueiro. Percéfone havia feito aulas de karatê com a mestre Cusicanqui, que ensinava artes marciais em aimará para mulheres altenses em troca de ajuda no cultivo de verduras em sua granja. Bastaram alguns golpes de karatê para Percéfone dar cabo dos facínoras, que ficaram estatelados no chão, para espanto dos transeuntes. Mas, na briga, ela havia perdido, além da faca, seu porta-moedas e precisou implorar ao motorista do último micro-ônibus antes do toque de recolher que a deixasse subir sem pagar.

Moko ri do negócio de boceta radioativa, e Percéfone lhe acerta uma bofetada no rosto. As lágrimas, mal contidas durante o dia todo, começam a brilhar no rosto avermelhado da moça. Os demais olham para o outro lado, profundamente incomodados. Todos estão com um humor dos demônios, e as lufadas de vento que sacodem as paredes contribuem para isso. A fome também não ajuda: só restam os ossinhos reluzentes da quarta parte de um frango que Yoni surrupiou no trabalho de entregador da Frangos Bin Laden e que repartiram entre todos várias horas atrás.

Para completar, Yoni cobra de Moko uma antiga dívida de cem pesos pela compra de uma relíquia — um disco de vinil autografado de Maroyu —, e a discussão não demora a desembocar em um rap de insultos com palavras em aimará. Maldito *lunthata*! *Q'ulu* filadaputa! Cuzão! *Jamarara*!, gritam um para o outro.

Kurmi se acocora ao lado do altarzinho: a dor de cabeça se transformou em uma névoa magnética, um emaranhado de nuvens prenhes de eletricidade. Em outras circunstâncias, teria bastado um olhar atravessado da jovem para pôr cada um em seu lugar, mas agora a bruma da dor de cabeça nubla sua visão. Cada grito de Moko e Yoni aumenta a voltagem de seu cérebro, trespassando-o com ondas brilhantes e dolorosas. Só se lembra de recolher o novelo de lã que deixou no canto e tenta tricotar com os dedos trêmulos o cachecol que sua mãe deixou inconcluso, os olhos bem fechados e o corpo balançando como um cavalo-marinho.

Orki se apoia no buraco da janela sem vidro de costas para a discussão e acende um baseado. Tempos atrás ele era o DJ Orki, ganhava coquetéis de cores psicodélicas nas festas e compartilhava drogas sintéticas com Sayuri, a drogadinha mais incrivelmente linda que já existiu nas cidades altas:

tinha uma mecha lilás e um piercing em forma de estrelinha no nariz aquilino. Inclusive, se algum dia as festas em El Alto voltarem, já não será a mesma coisa para Orki: haviam encontrado Sayuri desacordada ao lado de um frasco de comprimidos no início do toque de recolher e ninguém conseguiu acordá-la. Alguns dizem que foi acidente, outros garantem que ela fez de propósito, pois estava sendo chantageada por um *hikikomori* de Pando que publicou fotos dela nua nas redes.

Orki está farto do rumo que a noite — na verdade, que toda a sua vida — tomou. A chuva cai em gotas gordas e escandalosas que tamborilam nos telhados. O céu faísca sobre o descampado como uma faca raspando contra pedra de amolar, e a lua é apenas uma frestinha de prata que figura entre as massas de nuvens elétricas. *Choro! K'ewa* de merda! *Lap'arara! Anu q'ara* do caralho! *China jamp'atita*! Este último xingamento parece ser a gota d'água para Yoni, que pega a garrafa de *singani* e a joga contra Moko, mas ele desvia e o vidro se estatela na parede. O estrondo galvaniza o cérebro de Kurmi. A enxaqueca cultivada desde a morte da mãe cresce como um cogumelo radioativo e provoca uma tormenta psíquica:

Com os cotovelos apoiados na janela, Orki vê a paisagem se iluminar com um raio tão descomunal que, por um momento, tem a sensação de observar a cena através de um negativo de fotografia. O raio alcança uma das torres da Central e a atravessa por inteiro, iluminando-a de dentro. O feixe de luz se contorce ao longo da torre — é um cordão elétrico que une o céu à terra — para escapulir entre as nuvens violeta como uma serpente luminosa recém-erguida do chão.

Orki quer chamar os demais, mas nenhuma palavra sai de sua boca. Uma luz viscosa emana da base da torre aos borbotões, ultrapassa o perímetro e se enreda nas carcaças dos eletrodomésticos abandonados em meio ao descampado. A terra se fraturou, e algo que estava oculto havia muito tempo se esparrama em todas as direções. Quer fechar os olhos, apagar essa visão, mas suas pálpebras estão petrificadas. Uma sensação quente se instala no meio de suas pernas um segundo antes de todas as luzes da cidade se apagarem.

Olá! Eu sou o Atomito, o superamigo de todos vocês, e quero que me acompanhem para ver como vivo na Central de Pesquisa Nuclear Túpac Katari. Olhem! Estamos chegando ao distrito C76 da cidade de El Alto. Esta aqui é a casa da fabulosa Kurmi Pérez, mas hoje quero mostrar a vocês as instalações do reator, onde fica minha casinha e me divirto muito. Vamos conhecê-las! Este é o lugar mais alto do mundo no qual já se construiu uma instalação nuclear. Vejam só que lindo! Neste belo edifício fica o Centro Multipropósito de Irradiação. Por aqui passam caixas de frutas, carnes e outros alimentos. Com a irradiação controlada eliminamos patógenos e bactérias prejudiciais. É aqui que tomo banho quando volto dos passeios! Este edifício é o Reator Nuclear de Pesquisa. Na verdade, não tenho permissão para vir aqui, mas sou muito inteligente e consigo entrar de fininho quando os engenheiros não estão olhando e deixo cascas de laranja no chão para que eles escorreguem. Veem os barris que estão levando aos galpões? Estão cheios de um material incandescente muito divertido que serve para brincar. Vamos virá-los de cabeça para baixo! Haha. Sou um brincalhão. Querem saber qual é meu truque favorito? É me desintegrar e sair em forma de vapor pela chaminé do reator. Assim ninguém me prende! Não se preocupem, amigos! Todas essas estruturas são perfeitamente seguras. O projeto e as condições de funcionamento atendem às exigências do Organismo Internacional de Energia Atômica. Vou acender este pequeno fósforo para provar. Olhem!

※

Quando Orki recobra a consciência, está cercado de trevas, e o alarme de emergência da Central ressoa através da chuva como uma buzina surda e mal-humorada. As vozes dos outros lhe explicam que o raio que caiu na Central provocou um apagão em toda a cidade de El Alto. Yoni, Moko e Percéfone fizeram as pazes durante a queda de luz. A bebedeira evaporou com o medo, dando lugar a uma lucidez nervosa. Debocham de Orki: gosta tanto de se fazer de durão quando o assunto é drogas e acaba desmaiando por causa de uma pancada de chuva.

Orki também ri. Pensa que o resplendor daquele impressionante raio deve tê-lo levado a ver os jorros de luz saindo da terra, os tentáculos luminosos que avançavam noite adentro. No entanto, não consegue aplacar uma inquietação dentro de si; tem vergonha de que os demais reparem em seu jeans molhado e além disso se sente estranho... como se estivesse magnetizado. Contrações nervosas percorrem seu corpo, os músculos piscam uns para os outros; o cabelo da nuca está completamente eriçado, e quando ele esfrega as mãos gera uma pequena mas inconfundível bola de eletricidade que ninguém mais parece notar.

Moko tenta acender uma vela que encontrou na gaveta da cozinha, mas o vento apaga diversas vezes a chama frágil do isqueiro. Durante o breve cintilar da chama distingue a silhueta de Kurmi, que continua tricotando na escuridão em um silêncio plácido. Kurmi não falou mais, e todos estranham um pouco a calma satisfeita da amiga, sobretudo depois de um grito daqueles. De todo modo, é melhor que esteja tranquila.

    Yoni se aproxima da janela, atraído pela atividade atípica além do perímetro: os feixes de luz que se entrecruzam à distância dão a impressão de que há pessoas correndo com refletores e lanternas sob a chuva torrencial. Do outro lado, a cidade continua submersa em uma noite mais densa que o lodo do Choqueyapu. Percéfone espia por cima do ombro de Yoni as vielas mergulhadas nas sombras. Yoni estremece; quer acreditar que não é por medo, mas pelas cócegas suaves provocadas pela respiração de Percéfone atrás de sua orelha.

Com o primeiro raio de sol, são acordados pela voz do pastor evangélico que transmite sua pregação por meio de um holograma que dá voltas por toda a cidade:

Não viemos da evolução!!! Não somos parentes do macaco!!! Foste criado por Deus no ventre de tua mãe!!!

Aturdidos, sonolentos, levam alguns minutos para perceber que Orki não está mais ali. Depois do apagão todos continuaram bebendo, exceto Orki, que foi deitar-se ao lado do altarzinho e se cobriu com uma manta para não verem que tinha se mijado. Ninguém o escutou sair. Yoni põe o corpo para fora do vão da janela. Parou de chover, a rua está cheia de poças que refletem as casas; um condor molhado descansa sobre a geladeira abandonada em uma lateral da rua. Atrás da cerca de arame há muito movimento: homens de capacete e macacões de segurança sobem nas torres, tentando reparar os danos causados pela tempestade. À distância, parecem bonequinhos a postos em um castelinho de açúcar, prestes a serem derrubados por um sopro de vento.

À luz do dia, os acontecimentos de horas atrás se mesclam em um sonho denso. Todavia, em seus celulares, circula a notícia de que, durante a noite, terroristas de El Alto atacaram novamente: dessa vez tentaram explodir os prédios da Central; a polícia anuncia novas batidas e novas medidas de segurança até que os culpados sejam encontrados.

— Que hordas de terroristas o caralho, foi o raio — diz Moko, recordando.

A única que não parece preocupada é Kurmi, que anuncia com um sorriso misterioso que sua enxaqueca passou e está com vontade de fumar.

※

Horas mais tarde, enquanto Yoni entrega a domicílio os pedidos da Frangos Bin Laden na Kawasaki estropiada, a luz de seu celular pisca várias vezes. Cada vez que Yoni sobe na moto e põe o capacete com a crista de galo, a cidade se inclina como uma pista tridimensional de videogame e a moto se eleva alguns centímetros do chão: sua visão laser e seus reflexos de aço o ajudam a se esquivar dos micro-ônibus que passam cuspindo fogo, dos bêbados esparramados na calçada e dos vendedores ambulantes que oferecem gelatina com creme de chantili, para competir com as motos das *cholas* ratuki e fugir das furiosas matilhas de cães abandonados que correm atrás do cheiro de frango frito.

Quando chega ao destino no horário determinado pelo aplicativo e, da porta entreaberta de uma casa ou apartamento um braço se estende para receber o pedido cheiroso e quentinho da Frangos Bin Laden, começam a cair do céu moedas douradas e um anúncio reluz diante de seus olhos:

MISSÃO CUMPRIDA
YONI ACABA DE PASSAR
PARA A PRÓXIMA FASE

Se conseguir superar todos os obstáculos impostos pelo caos da cidade e não se atrasar nenhuma vez, seu chefe — uma inteligência artificial chamada Cornelio Artex — lhe depositará no fim do ano um bônus com o qual Yoni planeja terminar de pagar o caixão do pai e, caso sobre algum dinheiro, comprar uma passagem de ônibus com destino a Arica para conhecer o mar. Para isso, precisa ficar atento ao celular, não perder um pedido sequer e deslizar pela cidade à velocidade da luz.

Enquanto espera que o sinal fique verde (à frente dele, zebras fazem parada de mão na faixa de segurança), Yoni confere os pedidos que chegaram pelo aplicativo. Mas outras mensagens, mais urgentes, se sobrepõem. Moko e Percéfone enviam, cada um por conta própria, um vídeo que circula nas redes seguido de sinais de admiração.

!!

O vídeo mostra um rapaz que avança em transe pelas ruas do mercado em meio a montanhas de tubérculos, ramos de salsinha e menta peruana. Embora não haja música nem festa ao seu redor, o garoto está dançando. Se bem que, mais do que dançar, pensa Yoni, o rapaz se sacode em movimentos estrambóticos, como se estivesse sendo atacado pela polícia com um taser. As vendedoras apontam para ele e riem. Está bêbado, diz uma *chola*. Onde é a festa, hein?, grita outra e atira um milho que acerta a cabeça do jovem, baixando o capuz que até então escondia seu rosto. Os olhos do garoto estão brancos, voltados para dentro, mas Yoni reconhece de imediato o piercing na sobrancelha e a tatuagem em forma de diamante no pescoço de Orki.

— Orki está enfeitiçado — diz Yoni.

A luz do sinal muda para verde, e atrás da moto tem início um coro de buzinas histéricas.

As redes sociais bombam com os vídeos do bailarino desvairado. Eles recebem flagrantes de Orki por todo El Alto, movimentando-se daquela maneira convulsiva. Alguns lhe atiram água suja pelas janelas. Outros assoviam. Outros ainda, cansados do toque de recolher e da vigilância, batem palmas e tocam *cumbia chicha* para acompanhar a dança. Memes são criados.

Ao cair da tarde, Moko entra em um micro-ônibus cheio de passageiros que passa pelo centro para anunciar seu novo produto: um saquinho de sementes de abóbora coletadas na cozinha de sua avó.

Booooaaaaaaa-tarde-senhora-senhor-senhorita-menino-menina-inteligência-artificial, não é meu intuito interrompê-los, tampouco incomodá-los, muito pelo contrário, venho lhes apresentar o último prodígio da ciência. Dos laboratórios de Moscou, fruto de anos de trabalho dos mais renomados engenheiros genéticos do mundo e direto para os lares de El Alto, estas sementes de abóbora dotadas de propriedades especiais, incríveis, fabulosas! Não se deixem enganar pela aparente simplicidade, senhora-senhor-senhorita, estas sementes são muito mais que uma semente qualquer: foram alteradas para se adaptar a qualquer solo e são cultivadas até em Marte...

Um homem de moletom e boné com o brasão da prefeitura ergue a cabeça, interessado. Quando se aproxima para mostrar as sementes, Moko, pela janela do micro-ônibus, vê Orki avançar pela calçada seguido de dois novos bailarinos. Uma é a *chola* que lhe atirou o milho no mercado e agora se contorce com os olhos revirados. O outro é um idoso muito magro que dá saltos de gafanhoto. Moko espicha o pescoço para ver aonde eles vão, mas, nesse momento, o funcionário da prefeitura lhe mostra um cartão plastificado no qual se lê SECRETARIA DE PROTEÇÃO AO CONSUMIDOR e pede seu registro sanitário para vender sementes. Moko grita Vai descer! e sai do micro-ônibus a toda velocidade, perseguido pelo funcionário.

Na calçada, os comerciantes que erguem os toldos das lojas se afastam desconfiados, sem saber do que se trata aquela estranha procissão. E assim os bailarinos vão percorrendo a cidade, alheios às reações provocadas por sua passagem.

A várias quadras do centro, perto da Cruz Papal, Yoni parou de atender aos pedidos da Frangos Bin Laden e tenta seguir a pista de Orki, embora saiba que isso lhe custará o emprego. Preocupado com o que a polícia possa fazer a seu amigo, Yoni vai de moto até os locais onde Orki foi filmado, mas chega sempre depois da passagem do grupo. Eis o verdadeiro teste: precisa ser mais rápido, diz a si mesmo enquanto pisa o acelerador da Kawasaki e cruza diversos sinais vermelhos. Ao final da tarde há uma multidão dançando pelas ruas, segundo as tomadas aéreas captadas por um drone que sobrevoa a cidade. E nessas imagens se vê que os bailarinos começam a se dirigir à Central.

❊

Kurmi leva uma cadeira de plástico até o pátio e se senta para tricotar de frente para o descampado: a *yareta* é uma imensa espuma verde contra a paisagem lunar. Pensa que, dois mil anos atrás, quando a *yareta* se abria pela primeira vez em um minúsculo botão, outros deuses habitavam a terra; dali a mil ou dois mil anos o arbusto ainda estará vivo. O que restará deste mundo em dois mil anos?, pergunta-se.

— As montanhas — responde a voz de sua mãe com total clareza. — Quer que eu conte a história de como as montanhas caminham? Quando criança, você gostava de ouvir.

Kurmi ergue o olhar para a cordilheira: às vezes parece uma miragem provocada pelo sol do altiplano.

— Era uma vez uma menina que saiu para pastorear lhamas e acabou pegando no sono em cima de uma pedra, olhando para a montanha à sua esquerda. A menina não sabia, mas a rocha em que se recostou era uma *huaca* muito antiga e poderosa. A *huaca* fez a menina cair em um sono profundo, de centenas de anos. Quando acordou, não havia mais lhamas, mas edifícios altos, e a montanha agora estava à sua direita. Você não deve olhar as coisas do seu ponto de vista, mas do ponto de vista da *yareta* — diz sua mãe —, só assim saberá como a montanha caminha.

Kurmi sorri: ouviu a história dezenas de vezes e poderia ouvi-la outras dezenas. Seus dedos avançam em meio à lã com as agulhas, mas os movimentos não são seus, e sim de sua mãe. Sua mãe está feliz de voltar a tricotar. E Kurmi não pretende deixá-la ir embora. O cachecol já tem três metros e está se transformando numa peça ingovernável, impossível de usar.

— O que você fez com o Atomito, Kurmi? Já está na hora de tricotar um novo boneco para você.

Desde a queda do raio, não pararam mais de conversar. Um colibri-cometa de cauda avermelhada-iridescente e ventre verde-acobreado passa zumbindo ao lado dela rumo a outro ponto do império. Atrás da linha turva do perímetro, a chaminé do reator cospe suspiros arredondados de vapor branco. A moça observa enquanto tricota: o que sai da boca do reator não é vapor. Pouco importa que tragam todos os engenheiros do país para consertá-lo. É algo mais antigo o que escapa em torrentes do coração aberto da terra. Não é vapor, repete. A risada da mãe irrompe em sua cabeça. O ar traz o eco de uma risada de criança, feita da matéria dos sonhos.

— São almas — diz a ela.

※

O dj Orki dança com Sayuri sob as luzes estroboscópicas de uma discoteca que se estende em direção a todos os pontos cardeais: para onde quer que olhe, ele avista salões e sons e bailarinos que passam com máscaras de osso de *jukumari*, de *kusillo* e até de dinossauros, com bebidas na mão.

— Você voltou — diz Orki.

A garota sorri para ele por trás do *gloss* de purpurina: seus dentes são branquíssimos. De repente, é como se Sayuri jamais tivesse ido. O desejo que circula entre os dois é um campo magnético capaz de ressuscitar a cidade escondida sob a terra. Talvez pense que a multidão ao seu redor também foi convidada para essa festa que não tem começo nem fim; talvez não se dê conta de que eles próprios vão criando a festa, e que essa festa se dirige à Central.

O medo acende feito alarmes vermelhos na cidade de Abajo: os canais de televisão alertam para as hordas subversivas e violentas que ameaçam a Central, e as patrulhas de polícia sobem para El Alto a toda velocidade.

A moto de Yoni voa entre os micro-ônibus presos no engarrafamento do centro; ele não sabe, mas, apesar de sua pressa, está fadado a nunca chegar: irá colidir com uma ambulância na esquina dali a um minuto e a última coisa que verá durante as cambalhotas no ar — o capacete em forma de crista de galo ainda na cabeça — será uma chuva resplandecente de moedas douradas.

No hospital, o irmão de Percéfone acaba de abrir os olhos para a luz líquida da janela. O mundo lhe parece novo, como se acabasse de nascer. Cercado de samambaias e cactos em seu ateliê na cidade de Abajo, o restaurador de arte percebe que a imagem do garoto sobre a Virgem-montanha do século xviii se torna cada vez mais nítida: o homem leva a mão à boca, incrédulo e atordoado por sua descoberta.

Moko para na ponte do centro para recobrar o fôlego; conseguiu escapar de seu perseguidor, e as sementes mágicas de abóbora estão a salvo em seu bolso. Mas perdeu de vista Orki e a procissão. Ergue os olhos para a nuvem carregada que escurece o horizonte e está prestes a despejar sua sombra sobre a cidade de Abajo. Logo se corrige: Não é uma nuvem a mancha que vê cruzar o céu. Escuta o eco de uma risada, uma risada infantil vinda das alturas. A nuvem que esgota o sol tem a forma de uma criança vestida com botas brancas e capa voadora: é Atomito surgindo detrás da montanha.

Olhem!

A dívida

Acompanho minha tia para saldar uma dívida no povoado onde nasceu. O mototaxista nos conduz em meio ao cemitério de trens: resplandece sob o sol a fivela de metal em forma de águia de seu cinto, também as esporas das botas de couro. Sua moto avança rugindo sobre os paralelepípedos e o asfalto derretido pelo sol. Cada salto da moto sacode meu ventre, e isso me deixa alarmada; devo ser mais cuidadosa nessa etapa.

Almoçamos em uma cabana com vista para o rio de águas turvas, somos as únicas que comem ali. Faz calor, e no teto de palha há apenas um ventilador, cujas pás gemem a cada volta desanimada. À margem do rio, um grupo de pessoas se reúne em torno de um afogado. É um jovem que saíra para pescar havia três dias, quando as águas estavam altas em razão da chuva, e não voltou, diz a dona do local, e se aproxima da mesa com uma frigideira fumegante.

Inevitavelmente associo o afogado a este outro fruto do rio que a mulher nos trouxe e agora dá voltas em minha boca, estranho por sua textura viscosa e pelo gosto de frango cozido. Minha tia percebe meu asco e me olha com firmeza. Termino de engolir, contendo a ânsia de vômito, mas a comida insiste em subir repetidas vezes por minha garganta em trajetória reversa.

A dona do restaurante é tagarela e prende o cabelo tingido em um coque desgrenhado, mal sustentado por um palito de madeira. Quer saber o que nos traz a esse lugar. Minha tia mente que estamos de férias e vamos passar algumas semanas no hotel La Eslava. Uma pena que o hotel esteja tão abandonado, diz a dona do restaurante, mas já não vem muita gente para cá. Minha tia acrescenta que reservamos um camarote no *Reina de Enín*, vamos fazer um cruzeiro de vários dias pelo Mamoré, observa.

Na verdade, quase não temos dinheiro e estamos hospedadas na casa de uma antiga conhecida de minha tia — uma velha costureira unida a nós por um grau de parentesco muito distante — até quitarmos a dívida. Queria contar para minha tia o que está acontecendo comigo: o chacoalhar da moto me deixou indisposta e talvez eu precise descansar. Além disso, o corpo do afogado estendido na margem do rio não contribui para me deixar tranquila, embora alguém finalmente tenha se aproximado dele para cobri-lo com um lençol. Mas não digo nada. As coisas devem ser feitas de certa maneira, advertiu minha tia antes de virmos: acima de tudo, não chame a atenção. Por nada desse mundo chame a atenção.

A mulher pergunta o que achamos da comida e comenta que seu estabelecimento é um dos poucos que oferecem esse prato em toda a Amazônia. Ela nos explica como o prepara: espreme limão sobre a carne fresca e decora com salsinha. Só cortam esse membro com uma faca especial, e, passado algum tempo, ele volta a crescer. E assim a cada ocasião, sem matar a criatura, mutilando sempre a mesma parte. É preciso ter muita habilidade para não cortar além do necessário, senão se produz uma hemorragia que pode ser fatal, explica a mulher. Alguns cozinheiros descuidados deixam a mão escapar durante o corte, e outros o fazem de propósito, pois a criatura exala um cheiro muito especial em sua agonia. O membro que renasce é sempre um pouco mais rígido e escuro que o original, por isso os clientes pagam muito para comer o primeiro corte.

Minha tia pede a conta, e a dona do restaurante volta para a cozinha. O sangue se acumula em minha cabeça; o calor em minhas têmporas é insuportável. Minha tia fica muito alerta e séria: Algum problema? Não é nada, digo. Muitas vezes estive a ponto de contar, mas temo provocar nela um ataque de raiva ou de choro. Especialmente agora que estamos aqui para saldar essa dívida que tanto a consome. Às vezes acho que ela sabe o que está acontecendo, mas decidiu ficar em silêncio, fazendo esse jogo de dissimulação e duplicidade no qual é tão versada. Talvez eu esconda dela a notícia não para evitar sua vergonha, mas para desfrutar sozinha de meu triunfo sobre ela: minha gravidez evidencia sua esterilidade. Meu estado me parece óbvio, mas uma amiga disse que dependia do ângulo, da perspectiva, da roupa que visto.

A dona do restaurante põe a cabeça para fora da porta da cozinha. Não consigo mais conter a ebulição em meu estômago e abro a boca para vomitar: de minhas entranhas sai a torrente escura, raivosa, irrefreável do rio.

Minha tia diz que tínhamos parentes aqui muitos anos atrás, mas agora já não resta ninguém. Todos se foram. Aqui chegou o primeiro cinematógrafo. Nossos antepassados montaram um teatro no meio da mata, que era visitado por cantores de ópera da Europa. Havia festas, convidados que vinham em barcos a vapor e brindavam com champanhe. De tempos em tempos, os homens partiam em busca de novos índios para trabalhar nos seringais, pois eram devorados depressa pelas doenças da selva. A tataravó Felicia mandou construir o hotel La Eslava para hospedar estrangeiros vindos de todas as partes; trouxe da França um lustre de cristal para o saguão. Perdemos tudo, mas nunca se esqueça de que viemos de uma família de renome, não somos da ralé, diz minha tia.

Nada parece vivo neste lugar: para chegarmos à casa da costureira, passamos por um jardim abandonado, semeado com estátuas enegrecidas e parcialmente cobertas por ervas daninhas. O ar fede a ovos podres, caldo fermentado e ácido.

A única coisa que nos liga ao povoado é essa dívida, que vamos cobrar.

A costureira vive em uma casa antiga, com vários quartos construídos lado a lado que dão para uma varanda com redes penduradas. Ela ocupa um dos aposentos e aluga os demais para um professor de escola, um funcionário da prefeitura e a família de uma lavadeira. Minha tia e eu nos alojamos no último, um quarto no qual armazenam quinquilharias que não têm mais utilidade, mas que ninguém se atreve a jogar fora. Um buraco imundo, diz minha tia, inspecionando os lençóis manchados de umidade da cama que compartilhamos.

A costureira e minha tia se cumprimentam com demonstrações de afeto muito elaboradas, surpreendentes se considerarmos que não se veem há trinta anos.

— Enfim você veio — diz a costureira.

— Antes que não reste mais nada — diz minha tia.

— Em pouco tempo não restaremos nem nós duas.

A costureira me olha com fria curiosidade. Suas mãos acariciam meu rosto.

— Sua filha não se parece com você — diz.

— Não é minha — diz minha tia.

— Ela não é minha mãe — corroboro.

Os olhos da costureira se demoram um bom tempo em mim. Com toda certeza, empalideci. Ao mesmo tempo, alegra-me a possibilidade de que a costureira perceba antes que minha tia.

— Ficou indisposta no almoço — esclarece minha tia —, os jovens de hoje são delicados.

Percorremos a varanda em meio a um calor que oprime os pulmões. A costureira aponta para o teto destroçado, onde se veem vigas e pedaços de palha.

— Os cupins estão comendo esta casa — murmura —, qualquer hora tudo isso vai ao chão.

Minha tia se encarregou de me criar e educar, mas jamais permitiu que eu a chamasse de mãe. Eu mentia para minhas colegas de colégio: Ela é minha mãe. Não queria ser a única enteada, a adotada. Minhas amigas rebatiam, surpresas: Mas sua mãe é branca. E eu precisava me justificar: É que meu pai era moreno. Minha tia corrigiu na ponta do chicote essa inclinação precoce para a mentira.

Não conheci minha mãe, mas sonho com ela com frequência. Minha tia guarda algumas fotos suas: uma mulher muito alta, de olheiras melancólicas e sobrancelhas selvagens. Os sonhos são todos angustiantes: vejo-a caminhar à minha frente, sempre de costas, e quando estou prestes a alcançá-la, ela dobra a esquina e se desintegra como se fosse feita de areia. Minha tia diz que ela partiu atrás de um estrangeiro há muitos anos, mas alguns amigos a quem mostrei as fotos garantem tê-la visto em outros lugares, em um ônibus que se dirigia à fronteira, na fila de algum banco, no consultório de um dentista. De tempos em tempos estudo as fotos detalhadamente para ver se algo de minha mãe ainda vive em algum de meus gestos. Minha tia diz que é melhor eu não ter herdado nada dela: Por que quer ser parecida com alguém que nunca veio te ver em todos esses anos?

Gostaria que minha filha tivesse os traços de minha mãe para, assim, poder vê-la nesse novo sangue. Enfim terei algo de meu, algo que minha tia não poderá tirar de mim.

À noite, não consigo dormir por causa do murmúrio dos cupins. A casa se enche de mandíbulas famintas que avançam pelas paredes e destroçam as vigas. Estão por todos os lados: atrás das pilhas de revistas velhas, debaixo de uma prateleira onde se empilham bonecas sem cabeça, em meio aos sacos de arroz da despensa. Minha tia se revira ao meu lado em um sonho agitado: revolve-se, treme inteira, fala como se estivesse sussurrando a um amante. Tenho medo de que o teto desabe sobre nós se eu fechar os olhos, então fico acordada até de madrugada.

A costureira nos espera para um café da manhã com chá e empanadas. Diz que nossa visita a fez reparar no estado lamentável da casa, por isso chamou o dedetizador para dar cabo dos cupins.

— Preciso sair para resolver umas coisas, mas estarei de volta antes do meio-dia — pede licença.

— Essa velha sovina vai sair para que eu pague a conta — diz minha tia.

Está um pouco cansada, embora não pareça inquieta com os acontecimentos da noite.

O dedetizador chega no meio da manhã trazendo nas costas uma mochila com uma mangueirinha branca pendurada. Minha tia não gosta de pessoas que trabalham com veneno — diz que é uma forma covarde de matar —, por isso se recusa a receber o homem quando ele chega e me manda acompanhá-lo. Eu não deveria chegar perto do veneno estando grávida, mas não tenho escolha. Ele examina os móveis e borrifa o produto nos cantos suspeitos. Em breve, a casa será um cemitério de insetos.

— A senhora e sua mãe podem dormir tranquilas — diz o homem.

Não o corrijo. O dedetizador diz que vai investigar se há ninhos fora da casa: os cupins costumam criar moradas subterrâneas bem distantes do local onde são detectados seus vestígios. No jardim, em meio às buganvílias, o homem aponta para um promontório de terra. Aqui deve ser o ninho da rainha, diz. Imagino-a sentada em seu trono, planejando sua vingança, e volto a sentir os enjoos, as pontadas na cabeça: já está na hora de contar para minha tia o que está acontecendo, preciso dar tempo para que ela se acostume à ideia. O homem agarra uma pá e a crava com força: a ferida na terra revela uma arquitetura de túneis sinuosos, mas abandonados. Os soldados deram o alarme, e toda a corte escapou.

O homem cava mais fundo, removendo corredores secretos. De repente, a pá se choca com uma superfície dura. Ele se agacha e remove algo da terra, uma raiz emaranhada em torno de alguma coisa. O homem força até arrancar aquilo que a raiz abraça: uma boneca de pano com cabelo natural, escurecido pela terra. Ele a entrega para mim, e eu sacudo a terra para deixá-la mais limpa, curiosa para descobrir seu rosto. Agora o homem se ocupa puxando a raiz que encontrou, comprida e resistente. O chão se abre em um túnel muito profundo.

A boneca não tem rosto: a cabeça é apenas uma juba de cabelo comprido e arrebatado que cai pela frente e pelas costas. Por mais que eu a vire, a boneca está voltada sempre para o mesmo lado. Largo-a abruptamente e a vejo cair naquele buraco sem fundo, o cabelo esvoaçando em todas as direções, uma aranha voadora.

— Por que não se casou? — escuto a costureira dizer. — Era tão linda, tinha muito homem atrás de você.

As duas se embalam na rede em movimentos ritmados, sincronizados. Assim, de costas para a noite, parecem quase centenárias, prestes a se tornar migalhas.

— Não seja ridícula, pelo amor de Deus — diz minha tia.

Minha tia às vezes fala sozinha: O último homem de nossa linhagem continua aqui, refugiou-se na mata. Dizem que tem uma lancha e vive da pesca. Mas ninguém do povoado o vê há muitos anos. Só sabem dele pelas histórias dos traficantes de ouro e dos índios que moram do outro lado do rio. Era um homem muito bonito, assim como o primeiro de nossos antepassados a chegar a estas terras. Minha bisavó quis deixar para ele os bens que se salvaram do leilão. Para ele, nenhum centavo para as filhas, para que o sobrenome vivesse, permanecesse altivo como na época em que fomos donos de tudo. Para ele, que já na adolescência era um beberrão consumado, um arruaceiro. Era menor de idade quando matou o primeiro. Dormia na rede com o revólver abraçado ao peito, abanado por três indígenas. Uma besta desenfreada, um mulherengo. Na velhice deve ter encontrado algum sossego. A bisavó Hortensia morreu chamando por ele. Precisa entregar os títulos das propriedades. Pouco me importa se ele deseja viver como os animais. Mas precisa pensar em sua família, nos que ficam.

É domingo. Vou com minha tia até o que aqui chamam de mercado: três quadras cobertas por toldos sujos onde oferecem produtos raquíticos e mais caros que na cidade. Um menino yaminahua se aproxima para tentar me vender um filhote de papagaio, ainda sem penas.

 Vejo-a passar em meio a um grupo de pessoas, mais alta até que os homens. Reconheço-a de imediato, como se emitisse uma vibração a que só eu respondo. Instintivamente sei que é a minha mãe e não estou sonhando. Sei disso porque nunca sonho com cheiros, e o ar cheira a cebola doce e torresmo. Minha tia negocia o preço de uma bolsa falsificada com o vendedor e não percebe quando saio de seu lado.

 Sigo a mulher me orientando pela cabeça erguida que se sobressai entre as outras. O carrinho de um vendedor de raspadinha esmaga meu pé, algum imbecil aproveita para apertar minha bunda, sem nenhuma consideração por meu estado. Dou um tapa às cegas, uma mulher me insulta porque a acertei. Dessa vez não deixarei que minha mãe chegue até a esquina e desapareça. Não me atrevo a chamá-la por seu nome nem a tratá-la por mãe, por isso grito Com licença!, várias vezes.

 Minha mãe usa um vestido longo, com seu cabelo escuro, solto e bagunçado chegando até a cintura. Fica em silêncio no meio da rua, à minha espera, ao meu alcance. Com licença, digo, e agarro seu braço com força, decidida a não a soltar. O braço é macio, mas não tem a maciez da carne, e sim a consistência de um saco de arroz. Ela se vira para mim, mas não consigo ver seu rosto: o cabelo cobre sua cabeça inteira de um lado ao outro. Empurro-a, giro-a para ver seu rosto, mas é impossível saber qual é o lado da frente e qual é o de trás.

Acordo com o grito na garganta.

— Preciso te contar uma coisa.

A costureira me leva ao seu quarto enquanto minha tia faz a sesta protegida por uma tela de mosquitos. Todos os móveis da costureira estão cobertos por bordados e rendas feitas de próprio punho.

— Ela partiu daqui grávida de um trabalhador do quartel — diz a costureira. Seu corpo é o de uma aranha grudada nas paredes, prestes a cair sobre a presa. — Ela é sua mãe, por mais que diga o contrário. Seu orgulho a impede de admitir que tem uma filha bastarda. Essa aí das fotos é uma mulher qualquer, ela comprou fotografias velhas em um brechó para fazer você acreditar em alguma história. É bom que você saiba qual é sua origem.

Tudo começou quando ele me disse: Deve ter caído embaixo da cama.

Ajoelhei-me e apoiei a cabeça no piso frio de cerâmica, a tela da TV projetava um resplendor nevado. Tinha acabado de lhe revelar o que guardava dentro de mim: Tenho certeza de que será uma menina.

Disse quase sem pensar, e ele ficou calado, me olhando sem compreender. Então pensou em voz alta: Não é possível. O médico disse que era uma gravidez ectópica, você acabou de passar por uma curetagem.

Gritei: O que você entende disso?

Corri para me trancar no banheiro, e ele gritou do outro lado da porta: Tem todo o meu apoio.

Nos reconciliamos naquele momento. Ele chegou até a sugerir alguns nomes. Não gostei de nenhum, lembravam flores ou freiras ordenadas. Eu queria dar à menina o nome de minha mãe. Para postergar a despedida, continuei procurando com capricho a fivela caída no chão.

Encontrou? Sua voz era distante, como se se afastasse depressa.

Chovia debaixo da cama, a luz era muito bonita e muito estranha.

Quando me levantei, ele não estava mais lá.

Não tive notícias dele desde então.

Estou cansada, mas minha tia não quer parar: já vamos chegar, diz ela, e sua voz se sobrepõe ao zumbido dos insetos. A mata arranha nossos joelhos, tropeçamos em raízes grossas como braços. À margem do rio, a choça se insinua em uma miragem flutuante. Sentado na porta, um homem muito velho de cabelo comprido e grisalho. Solta o cachimbo sobre as pernas magras e bronzeadas.

Minha tia o cumprimenta com a mão.

O velho estende o braço para o lado, o sol reflete no metal da escopeta.

Prendo a respiração; nesse momento, começam as contrações.

Os olhos mais verdes

Passou o décimo aniversário no povoado de sua mãe. Todas as férias voltavam àquele povoado da selva onde não havia carros, mas motos que davam voltas ao redor da praça e insetos gigantes tostando nos postes de luz. Seu pai comprava mogno para levar à cidade e construir móveis laqueados: com o tempo, havia cada vez mais madeireiros na floresta e menos árvores de mogno, e mais móveis laqueados com cabeça de cisne nas casas elegantes. Ofelia gostava do povoado porque a deixavam brincar com as crianças do bairro até depois da meia-noite. Quase todas as crianças também andavam de moto, como uma gangue de pequenos entregadores de pizza. O único cinema exibia filmes de samurai, e na praça havia uma sorveteria na qual compravam frutas de nomes misteriosos e sonoros: físalis, cajá-manga, pitanga, ocoró, açaí...

No dia de seu aniversário, seus pais a levaram para comer no Palácio do Dragão, único restaurante chinês da região. Do teto pendia uma divisória acortinada vermelha e dourada, e a entrada era vigiada por dois dragões de estuque. Na porta, seus pais cumprimentaram com deferência um homem loiro e de semblante prejudicado pelas olheiras: era o senhor T., outrora um cantor famoso. Agora era alcoólatra e cantava em karaokês e festas de aniversário de estancieiros. O senhor T. cumprimentou sua mãe com um beijo explosivo na bochecha que a deixou aturdida e enrubescida. Depois abraçou Ofelia para cumprimentá-la pelo aniversário, envolvendo-a com seu hálito de uísque: É uma moça bonita, disse, uma pena não ter puxado os olhos do pai.

Antes que os pais de Ofelia pudessem reagir, o senhor T. já havia ido embora e um garçom de bigodes grandes e falsos usando um chapéu vermelho de papel os conduzia até uma mesa redonda ao lado de um aquário em que bagres atônitos nadavam em círculo. Mas Ofelia ficara de ânimo abalado pelo comentário. Não conseguiu se recompor nem mesmo quando lhe trouxeram a torta de pêssego. Depois de soprar as velas, o garçom deixou uma bandeja de biscoitos da sorte envolvidos em papel-alumínio com o desenho de um crisântemo. A de Mariano, seu irmão mais velho, dizia "A superstição é a poesia dos pobres". A de sua mãe era "Quem nasce tatu morre cavando", mensagem que azedou seu humor. O biscoito da sorte de Ofelia, por outro lado, veio cheio de promessas: "Realizam-se desejos de todos os tipos. Ligue 666-666". Ofelia guardou o papelzinho no bolso sem mostrá-lo a ninguém.

Foi dormir com os pensamentos saltando dentro da cabeça como macacos nas copas das árvores. Pensou que gostaria de ter nascido com os olhos verdes de seu pai, filho de camponeses italianos que chegaram ao país fugindo da guerra. Mas tanto ela quanto seus cinco irmãos receberam os olhos raivosamente escuros da mãe, nona filha de um professor rural beberrão e uma mulher muito pobre. A mãe de Ofelia havia escapado da sina das pessoas do povoado ao se casar com o belo estrangeiro de olhos verdes, e se voltava ao povoado era só porque o negócio do marido a obrigava. Caso contrário, nunca teria olhado para trás. Quando as crianças dali perguntavam a Ofelia de onde vinha, ela respondia sem hesitar: da Itália. Embora jamais tivesse visitado o país, e embora tivesse herdado o nariz chato da tia Amanda e os olhos chocolate-escuros de quase todo mundo.

No dia seguinte, na sala da casa que alugavam, aproximou-se do telefone mostarda que ficava ao lado da agenda de couro preto em que seu pai guardava os cartões dos clientes e serrarias. Ofelia discou o número do papelzinho. Uma música de elevador precedeu a voz elegante de uma secretária:

— Em que posso ajudá-la?

A voz modulada e quente da secretária a convenceu de que se tratava de um lugar sério e não de um golpe.

— O anúncio diz que vocês realizam qualquer tipo de desejo — disse Ofelia e explicou qual era o seu: — Eu quero ter olhos verdes. Tem como?

— É preciso discutir isso diretamente com o Chefe — disse a secretária.

Ofelia anotou o endereço. Na segunda-feira foi até lá com o dinheiro que tinha ganhado de aniversário guardado em um porta-moedas de plástico. O lugar era um estúdio de tatuagens no segundo andar de um mercado. Na sala de espera, um jovem metaleiro fazia palavras-cruzadas. A secretária era incrivelmente bonita, pensou Ofelia, tal como a imaginara. Seu peso de papel era uma bolinha de cristal que continha uma casa minúscula sobre a qual nevava o tempo inteiro. A secretária levantou os olhos para ela e os cílios postiços se ergueram como um leque.

— O Chefe está à sua espera — disse.

Quando Ofelia entrou no escritório, o Chefe estava inclinado sobre a escrivaninha aspirando um pó de cristais sobre um espelhinho de bolso. Limpou o nariz com o dorso da mão, escondeu o espelho em uma gaveta e ajeitou o cabelo preto modelado: tinha um sorriso branquíssimo. Ofelia gostou de sua camisa de listras pretas, brancas e alaranjadas bem ajustada no torso e arregaçada na altura dos cotovelos. Era um dia quente, mas o cômodo estava frio, embora não houvesse nenhum aparelho de ar-condicionado visível. Na parede havia um quadro de paisagem tropical com um tucano pousado sobre uma palmeira, desses comprados em lojinhas de bugigangas.

O Chefe a convidou a sentar-se e a fitou de cima a baixo:

— Já estava me perguntando por que estava demorando tanto para vir — disse.

Aproximou o rosto ao de Ofelia: em seu perfume se notava uma presença forte de anis, cheiro desagradável para ela. Ele perguntou qual era o desejo em seu coração. Ela o sussurrou em seu ouvido, aliviada por tirar aquilo do peito. O Chefe assentiu, impassível.

— Já ouvi pedidos mais estranhos de outras meninas — comentou.

Ela sentiu uma imensa simpatia pelo Chefe.

— Quanto custa? — perguntou e apertou nervosa o porta-moedas em suas mãos.

— Só vou precisar de uma pequena assinatura.

Pôs diante dela um livro de capa grossa com páginas repletas de assinaturas irregulares de muitas outras garotas. Levando em conta quem era, pensou Ofelia, as mãos do Chefe tremiam demais e as unhas eram muito compridas e sujas. Ela já havia visto aquela cena muitas vezes nos livros de catecismo do colégio e se surpreendeu com quão fácil era renunciar ao Céu. Quem ligava para um coro de anjos se podia ter os olhos cor de menta com que tanto sonhava...? Pegou com firmeza a caneta prateada e estampou sua assinatura em letras grandes e redondas: no lugar correspondente ao ponto do "i" desenhou um coração. Não sentiu nada de extraordinário. Na verdade, pouca coisa: só uma memória fugaz de algo escapando, a incapacidade de evocar as texturas das frutas do mato e o rosto das crianças do bairro, o esquecimento de imagens muito queridas como o rastro das estrelas entre os galhos das árvores... Mas não podemos ter saudades do que já não lembramos, e ela tinha pressa para se transformar em outra.

— Agora olhe para mim — disse ele, segurando-a pelo queixo.

Ofelia ergueu a vista para receber o mundo com aqueles olhos novos. Queria acreditar que lá, sobre a tela barata do tucano, começaria a ver com nitidez a paisagem sonhada da terra de seu pai. Mas só viu a luz escura emanando dos olhos do Chefe como de um cântaro virado.

Deslumbrada com o próprio reflexo, aproximou-se para beijá-lo.

O caminho estreito

O Diabo pode ser uma nuvem, uma sombra, uma brisa que agita as folhas. Pode ser o curiango que cruza o céu ou um reflexo na água do rio. Para alguns, ele viaja com o vento; para outros, aninha-se na eletricidade. Há quem garanta que se esconde na mata, do outro lado do perímetro, lá onde os galhos das árvores sussurram segredos que enlouquecem os homens. Mas o Diabo também é o espantalho que corre pelos campos enquanto todos dormem.

— O mundo de Fora é feito de trevas — diz o Reverendo —, e quem sai do perímetro é arrastado pelas sombras. Por isso não devemos nos afastar do caminho estreito, o caminho do Senhor. *Porque estreita é a porta e estreito é o caminho que conduz à vida, e poucos são os que o encontram.*

Minha irmã Olga cansou de viver no caminho estreito. Ela e eu dormíamos juntas e, às vezes, no escuro, brincávamos de vaca e bezerro. Susana, vamos brincar de vaca e bezerro, dizia, e erguia a camisola para aproximar sua teta. Os pelos de sua axila faziam cosquinhas em meu rosto, como os cabelos do milho, e o oco de seu braço cheirava a cinza morna, a fumaça de fogueira. Eu chupava sua teta como se fosse o bezerrinho recém-parido pela vaca Jacinta, e Olga cobria a boca para não despertar Pai e Mãe.

Quando alguém parte, perde-se entre as sombras, dizia Mãe. Não voltamos a vê-los porque somos o povo do caminho estreito, à espera do fim dos tempos trabalhando a terra e proferindo o nome do Senhor. Aqui vencemos a natureza à base de trator e oração e amansamos a mata até transformá-la em ordem. Para além do perímetro fica a selva com suas sombras, e ainda mais longe fica a cidade com suas miragens. Quando algum de nós sente o desejo de ver o que existe fora da colônia, a coleira da obediência nos lembra de nosso verdadeiro lugar: a quarenta metros do perímetro os choques elétricos não passam de cosquinhas, mas, conforme nos aproximamos do campo magnético, as descargas vão se tornando mais intensas, mais urgentes, até voltarmos a escolher o caminho do Senhor.

O perímetro é o legado dos antepassados e a lembrança de nossa vitória sobre o mundo. Segundo Olga, as histórias de Fora eram trapaças dos mais velhos para causar medo.

— Não existem rios de sangue, nem cartas voadoras, nem nenhuma dessas coisas — disse-me Olga. — Para as pessoas do outro lado, nós somos o Fora. Não existem dois céus, somos a mesma coisa, eles, e nós, e os animais.

— Cale a boca — respondi.

O Diabo caminha nos pensamentos, se enrosca, espia, tece sua teia de aranha. Estávamos preparando marmelada na cozinha: do outro lado da janela, Pai soltava o cavalo e tirava do buggy os galões de herbicida para milho comprados na cidade. Queríamos ver se os bolsos do macacão de Pai estavam cheios, pois se estivesse era sinal de que trazia coisas gostosas inexistentes na colônia, como quitutes de pimenta ou chicletes com suquinho, mas o único volume no macacão de Pai era sua barriga.

Olga cuspiu na marmelada fervente da panela pelo mero prazer de ver o cuspe desaparecer lentamente entre as borbulhas vermelhas. A marmelada não era para nós, mas para Pai levar à cidade quando faltasse dinheiro. Tínhamos o espírito fraco: Olga e eu sonhávamos com a cidade e com tudo externo ao perímetro; pescávamos as músicas trazidas pelo vento dos veículos que passavam perto da estrada e vasculhávamos o céu para ver os aviões que voavam cheios de passageiros, roçando as estrelas.

Mãe tinha ido à cidade uma vez muitos anos atrás, pouco depois de eu nascer. Quando lhe perguntávamos como era, ficava surda de repente. Mãe, conte como é. O que viu. O que tem lá. E nada. Os homens, sim, tinham permissão do Reverendo para ir à cidade fazer compras e às vezes voltavam mudados, sem chapéu, mais contentes. Por isso Olga cuspia na marmelada: dizia que ao menos uma parte dela sairia da colônia e viajaria até a cidade.

— Combinei com Jonas — disse Olga.

Fiz Shhhh, pois a orelha de Pai estava perto.

Olga vinha mudando desde que começamos a nos encontrar com Jonas Feinman no campo. Jonas morava com o pai e os irmãos em uma casa na beira do perímetro, e quando eram crianças os irmãos Feinman brincavam de se aproximar do campo magnético para ver quem suportava os choques elétricos por mais tempo. A mãe de Jonas morreu em sua última gravidez: enfiou uma agulha de tricô até o fundo e cavoucou lá dentro até dessangrar. Não a levaram à cidade para salvá-la porque já estava condenada. Por terem crescido sem mãe, as pessoas diziam que os garotos Feinman tinham dificuldade para se manter no caminho estreito e se desviavam para os lados à menor distração.

Jonas, o mais alto, começou a olhar mais que o normal para a estrada. Certa noite, escutou risadas e vozes e saiu descalço pela janela do quarto. Do outro lado do perímetro, viu o olho das motos piscando. Os intrusos tinham os traços das raças inferiores, embora em algumas coisas se parecessem conosco: tinham cabelo comprido e usavam luvas de couro pretas cortadas na altura dos dedos. Quando viram Jonas, assoviaram para ele.

— Venha, não vai te acontecer nada, temos metamaterial — chamaram-no.

Falavam boliviano, que Olga e eu não entendíamos, mas Jonas, sim, pois já tinha idade para ir à cidade junto com o pai comprar sementes. O metamaterial vinha em uma caixinha com o desenho de uma serpente enrolada. Não só desativava o colar da obediência, como também criava uma brecha no perímetro, uma falha no campo magnético. Através desse buraco do tamanho de uma porta, Jonas conseguiu passar ao outro lado sem ser eletrocutado.

Os garotos criavam salvo-condutos para os dissidentes. Seus próprios pais eram fugitivos, antiga gente do caminho estreito que escapou da colônia cavando um túnel até o outro lado, como o tatu da mata, paciente e concentrado; gente que traiu a raça se juntando com mulheres bolivianas. Entre nós era proibido tocar no assunto. Eram e não eram como nós: maçãs do rosto largas, pele escura, mas olhos claros e ossos largos. Convenceram Jonas a ir de moto até a cidade, onde as pessoas vivem em contrariedade à Palavra, para ter uma ideia das coisas.

Ao amanhecer, os dissidentes levaram Jonas de volta ao limite da colônia e o deixaram cruzar o perímetro com a ajuda do metamaterial. Logo Jonas se encontrava em meio às vacas, ordenhando-as, carregando o feno nas costas sob os gritos do velho Feinman, famoso por ter matado o próprio cavalo a pontapés em uma noite de tempestade. Mas Jonas não ligava para o mau humor do velho nem para as vacas e seus carrapatos, pois ainda estava aturdido, deslumbrado, extasiado com o que tinha visto. Desde então começou a se encontrar com os dissidentes antes da meia-noite, naquela fronteira, e a voltar de madrugada, e o velho Feinman começou a se irritar por vê-lo o dia inteiro distraído, cansado e bocejando.

Um domingo depois da missa, Jonas levou nós duas, Olga e eu, para o estábulo abandonado a fim de nos mostrar uma coisa. Desde que Olga dera uma espichada e seu quadril se avolumara, os homens sempre tinham algo a lhe mostrar. Jonas ameaçou nos matar se contássemos para alguém.

— Corto a língua de vocês com o facão e dou para os porcos comerem — advertiu, embora não precisasse, pois o mero fato de estar com um rapaz já garantia pelo menos três dias de prisão.

Jonas moveu um tijolo da parede do estábulo e tirou do esconderijo uma bolinha metálica da qual emanava uma luz rosada. A bolinha captava o sinal de Fora e havia sido presente dos garotos para manterem contato. O medo subiu até a boca de meu estômago, um redemoinho esquisito. Jonas apoiou em um tijolo a bolinha metálica, que começou a acordar e piscar, emitindo um ruído de óleo fervendo. Depois a bolinha falou com uma voz de mulher rouca e pausada.

— O que ela diz? — perguntou Olga.

Mas não houve tempo para a resposta. A voz se calou de repente e começou a música, composta de assovios e chiados, de ruídos de animais, de batidas, de coisas caindo ou se roçando. Reagimos à música com todos os ossos do corpo: vibrávamos por dentro como se fôssemos feitas de eco, de tremores. Não sei quanto tempo passamos absorvendo essa cadência envenenada, mas, naquela tarde, entendi por que a bolinha metálica era coisa do Diabo.

Fora do galpão abandonado, o vento empurrava os quilômetros de campos idênticos em uma só direção, soprando-os como uma boca gigante e irritada. Dentro do galpão, Olga ria aos gritos e se contorcia.

— Vou te ensinar como se dança na cidade — disse Jonas e se aproximou de minha irmã.

— O tempo é uma ilusão do Diabo — dizia o Reverendo.
— Séculos podem se passar lá Fora. Mas o tempo do Senhor é único e o mesmo e nunca passa.

— Uma vez, enquanto limpava o telhado, fui visitado por um pássaro — contou Jonas. — Sobrevoou o perímetro, muito alto, para chegar até mim. Dei migalhas de pão para ele comer.

— Eu só encontro pássaros eletrocutados — disse Olga.
— Vamos ver, diga urso *jukumari*.
— Urso o quê?
— Um bicho que já foi.
— Como é andar de moto? — eu quis saber.
— É como voar.

Rosie Fischer tinha um problema ou um dom, a depender de como se olhava: os sonhos escapavam de sua cabeça. Uma vez sonhou com um escaravelho: ao abrir os olhos, o inseto caminhava sobre seu peito. Certo dia, acordou gritando: A escada! no exato instante em que Klaus Ertland perdia o equilíbrio em sua subida ao telhado para arrumar o painel solar e quebrava a nuca. Em outra ocasião, sonhou com homens portadores da bandeira: vinham testar se sabíamos ler, se sabíamos o hino nacional, se jurávamos lealdade ao país que nunca vimos. Nessa época, os sonhos de Rosie já eram bem conhecidos, e quando o pessoal do governo apareceu na colônia estávamos preparados, esperando-os com salgadinhos recém-assados e uma mala cheia de presentes. Eles abriram a mala, contaram as cédulas e deram meia-volta. Nunca mais apareceram.

Nós duas gostávamos de Rosie Fischer: seu cheiro, seus bigodinhos loiros, suas costas largas.

Nós três ajudávamos a viúva Elisabeth Kornmeier a remendar as roupas dos filhos. Jacob Kornmeier teve a má sorte de morrer de um tumor no rosto, deixando-a com onze filhos, o último ainda um bebê de colo. A pobrezinha era muito sonsa, nunca aprendeu a cozinhar nem a manter a casa limpa. Quando um filho chorava, ela chorava junto. A bunda do bebê estava sempre assada. No final da tarde, a viúva nos oferecia biscoitos que sempre estavam duros e tinham sabor de terra, mas comíamos sem dizer nada. Gostávamos dela. Ao voltarmos para casa, procurávamos as cabeças douradas da físalis escondidas na grama, brincávamos de cuspir bem longe, corríamos.

Uma vez, espiamos Daniel Wender enquanto ele cagava no campo.

Uma vez, meu vestido sujou de sangue e comecei a chorar porque achei que estava morrendo. Aconteceu que eu já era mulher. Olga e Rosie juraram não contar nada.

Uma vez, vimos a coisa atrás da pá, no estábulo, e a coisa se mexeu. Tinha as patas dobradas, de cócoras. É um sapo, disse Rosie, que tinha visto o desenho no livro que seu avô escondia embaixo da cama. O sapo nos olhava de cara triste, meio espantado. Não sabendo o que fazer com ele, nós o esmagamos com a pá.

Um dia, Rosie sonhou que uma beterraba germinava em seu interior, um bulbo vermelho e duro. Pouco depois apareceu prenhe, e ninguém soube dizer quem era o pai. Era época de vendavais, o teto do estábulo de Aaron Weber se desprendeu e saiu voando, as palmeiras se inclinaram até bater com suas cabeleiras no chão.

O Reverendo disse: É o Demônio passando.

O bebê da viúva Kornmeier teve cólica, ficou vermelho e morreu. Gretel, sua oitava filha, disse que a viúva era a culpada: havia dado de mamar depois de discutir com o filho mais velho, e o leite ruim envenenou o bebê. Enterraram-no em um caixãozinho ao lado do pai. Choveu muito naquele dia. Cada um deixou uma flor na tumba, menos Rosie, que não aparecia mais em lugar nenhum.

De noite, Olga não queria dormir: Rosie engravidou em sonho, dizia deitada ao meu lado, e quando eu me aproximava para chupar sua teta ela me empurrava. Não quer mais brincar de vaca e bezerro? E Olga me dava as costas, preocupada, beliscava os braços para não fechar os olhos, por medo de sonhar... com o quê? Um menino sem pai é uma folha ao vento: não sabe quem é, de onde vem, quem a conduz. Era preciso ancorá-lo.

O Reverendo disse: Rosie se casará com Abraham Jensen, e foram buscar o bobinho, que conversava com a própria sombra e mijava nas calças quando o sino tocava.

Olga encontrou o corpo de Rosie no limite do perímetro, quando voltava da moenda de milho. A princípio achou que era um montinho de roupa arrancada do varal pelo vento e arrastada até o limite da colônia. Depois reparou no cheiro de carne chamuscada. Quando conseguiram se aproximar do montinho com uma vara, viram que o colar da obediência havia deixado Rosie de olhos saltados e com um anel de pele negra ao redor do pescoço. O Reverendo se recusou enfaticamente a rezar missa para Rosie ou autorizar que a enterrassem no cemitério. Jogaram seu corpo na vala comum, mesmo destino da mãe de Jonas Feinman e onde enterram os cães sem dono.

Olga e eu continuamos indo à casa da viúva remendar roupas. Mas, na volta, não procurávamos mais frutos em meio à grama, não corríamos, não sentíamos vontade de assoviar.

Para esquecer a tristeza por Rosie, Olga inventou um jogo. Consistia em tomar um copo d'água e então outro. E logo, quando o peso na bexiga se tornava insuportável, tomar mais um copo. Depois de um tempo, as cócegas se propagavam em ondas dolorosas e era preciso segurá-las. Cercá-las com o pensamento, concentrá-las, enlaçá-las feito cavalo chucro.

— Pense no centro — disse Olga, e o centro era uma cabeça ardente, uma agulha aquecida contra uma bigorna. Um relâmpago.

— Não consigo pensar em nada.

— Aguente um pouco.

E me fez beber mais um copo. O resto de meu corpo havia adormecido. Só o instinto de soltar. Nesse momento, ela atirou sobre minha saia o conteúdo da jarra. As águas se misturaram, frio quente, entre minhas pernas.

E então o centro começou a vibrar.

— Deus ama a pureza — dizia o Reverendo. — Cada um com cada qual, sem se misturar. Pureza é perfeição. Semelhante atrai semelhante.

Seguindo esse ensinamento, nossos pais se casaram. Mãe havia completado quinze anos. Tinham o sangue idêntico. O Reverendo os casou, dizendo:

— Deus abençoa esta união. A partir de agora são esposos, o vínculo anterior está apagado. Compartilhem sua felicidade, e que ela se multiplique.

Estavam apaixonados, queriam muitos filhos. Só Olga e eu sobrevivemos.

— O olho do Senhor viu e está irritado — repetia o Reverendo enquanto passava entre as fileiras.

Era dia de inspeção espiritual: as cadeiras no pátio da igreja, todos presentes, ninguém falava.

— Que a podridão saia à luz e seque com o sol.

O Reverendo tinha olhos de raio capazes de nos atravessar e chegar até as margens do lugar onde o segredo se enterrava. Sacudia sobre nossas cabeças seu bastão metálico.

— Que aflore o mal desta comunidade.

Eu estava sentada ao lado de Mãe, os olhos baixos, e Olga bem pertinho de mim, muito rígida, lutando para não deixar o que havíamos feito ganhar o mundo. Eu disse ao meu segredo: "Guarde-se", e meu segredo se escondeu no barro de meu coração, e quando a barba branca do Reverendo roçou em mim, eu o fitei de frente com meus olhos claros. Senti perto de mim seu hálito de dentes podres. Seus olhos vasculharam com o fogo e passaram por mim.

O segredo de Olga também fora guardado.

Vi a agitação da viúva Elisabeth Kornmeier, que se levantou de repente e disse: "Em meus sonhos, eu me deito com um homem que não é Jacob", e depois desabou.

Na fileira dos homens, Joshua Keppler, o gigante, disse: "Instalei às escondidas um aquecedor para o chuveiro", e se pôs a chorar.

Helmut Baer confessou que guardava vinho em sua despensa. E assim o pecado saltava para a rede do Reverendo, de forma que se iam quebrando um após o outro.

Jonas Feinman, sentado ao lado do velho Feinman, abriu a boca. O que sairá?, pensei, tensa, na cadeira. Pálida, Olga ao meu lado. O que dirá sua boca aberta? Saiu um bocejo da boca de Jonas, guloso e atrevido. O velho Feinman, seu pai, acertou seu rosto com o punho fechado:

— Feche essa fuça, animal. Respeito.

O nariz de Jonas soltou um jorro de sangue que cobriu sua boca. O Reverendo fingiu não ter visto.

O bastão do Reverendo passava sobre as cabeças e emitia um bipe quando fazia contato com algum metal, e os culpados não tinham escolha senão mostrar o que escondiam: facas elétricas, bolinhas para se conectar com Fora, implantes no corpo. Olhávamos todas essas coisas com medo e desejo.

Levaram os pecadores para as jaulas. Barrotes altos, para que os castigados pudessem rezar de pé. Cada um entrou em sua jaula sem se queixar, o Reverendo fechou os cadeados. Ali ficaram por dez dias para escárnio, transformados em comida de mosquito. Ao final, o cabelo da viúva Elisabeth Kornmeier havia ficado completamente branco.

E disse o Reverendo, satisfeito:

— Purificou-se a fonte e foi lavada a corrupção.

Mas, no dia seguinte, voltamos a nos sujar.

Regressamos ao estábulo para ouvir música. Chovia. O céu faiscava e se listrava de relâmpagos, iluminava os campos de milho. O trovão retumbava. Jonas tinha o nariz torto pelo golpe de seu pai, sua cara ficaria assim mesmo. Girava a bolinha metálica na palma da mão. A música saltava nas paredes. Relâmpago: Olga erguia a saia, ria, dava voltas. Depois, escuridão. Outro relâmpago: Jonas corria atrás de Olga, a derrubava. Minha irmã cravava as unhas no rosto dele, morrendo de rir. Haviam se esquecido de mim. Lutavam, dois vultos nas sombras. A bolinha rolava pelo chão, a voz dizia em nosso idioma: É a Rádio Dissidente com vocês.

Eu estava triste. O mundo nunca me parecera tão grande.

— Jonas — dizia Olga na escuridão e ria.

Voltamos mais uma vez à casa da viúva. Nós a encontramos sentada com alguma coisa nos braços. Cantava uma canção de ninar.

A dona aranha subiu pela parede, veio a chuva forte e a derrubou.

Havia aberto todas as janelas, o algodão das cortinas flutuava por ação do vento. Podia-se dizer que tudo levitava. Seu filho de quatro anos chorava no chão ao lado de uma xícara quebrada, a palma da mão vermelha de sangue.

A viúva cantava e sorria. Apertava contra o peito a mortalha do bebê; as mãos e a roupa estavam manchadas de terra.

Ela é teimosa e desobediente; sobe, sobe, sobe e nunca está contente.

— Elisabeth Kornmeier — disse minha irmã. — O que você tem?

O cabelo branco lhe dava ares de idosa.

— Elisabeth Kornmeier!

Sonhei com um tatu imóvel no meio do caminho. Tudo ficou quieto, alerta, brilhante, nenhuma folha se mexeu. Atrás do tatu estava o túnel, cavado por ele, um pouco, a cada dia. O túnel do tatu ia até o fundo da terra.

Abri os olhos. Era noite. Olga estava sentada na beirada da cama ajeitando suas tranças em dois círculos no topo da cabeça. A silhueta de Jonas espiava atrás da janela. Havia acontecido comigo o mesmo que acontecia com Rosie Fischer: um sonho escapou de minha cabeça, voou de mim para o mundo.

Se estendesse a mão, poderia tocar Olga. Mas não me movi. Pai e Mãe roncavam no quarto ao lado; bastava usar a voz. Fingi dormir. Olga amarrou as botas.

—Sei que está acordada — disse Olga, de costas. — Não me procure, faça de conta que morri.

Pôs-se a correr pelo milharal sem olhar para atrás, em direção ao ronco das motos e à eletricidade.

Fiquei acordada: a risada de Olga fazia os campos tremerem.

Vocês brilham no escuro

Puseram todos nós no estádio Olímpico. O bairro ficou vazio, as portas das casas abertas, a comida servida e ainda quente sobre a mesa, nos pátios os cães uivando por seus donos. Deixaram-nos ali várias horas sem dizer nada. Eu estava com muito medo por estar perto de tanta gente, Deus que me perdoe, mas até as crianças me assustavam, as queria longe de mim, longe de mim aquelas mãozinhas sujas, inocentes e talvez mortais. Ninguém sabia onde, em que parte do corpo ou da roupa se alojava o veneno. Fomos separados em filas, e teve início a revista.

    Inspecionavam sobretudo os pés: se o detector emitia um bipe, mandavam que tomasse banho diversas vezes com sabão de coco e vinagre até a pele ficar vermelha feito urucum de tanto esfregar. Em mim não encontraram nada, nem em minha mãe, nem em minha irmã, Ana Lúcia, nem no tio Silas, tampouco em minha prima, Gislene, que entrava e saía o tempo todo dos bares e se esfregava nos homens, mas no meu pai, sim. Meu pobre pai, tão burro, foi beber no bar onde estavam os catadores de sucata, escondido de minha mãe e de todos nós, com a desculpa de que ia jogar no bicho. Uma vez mamãe lhe dissera que aquele antro seria sua perdição. E, por causa da meia hora passada naquele bar, e por ter se sentado para conversar com os benditos catadores, e por ter se contaminado com aquele troço, um troço menor que um grão de areia e feito de fogo, fomos todos evacuados e demoliram nossa casa: não nos deixaram nem tirar uma foto, nem pegar uma recordação, nem uma peça de roupa. Meu pai tinha acabado de se aposentar do trabalho de lanterninha no Teatro Goiânia para poder curtir a casa e o jardim. E, de um dia para o outro, não restou nem um tijolo da casa. Nadinha de nada.

Uma vez o dono da padaria, seu Atílio, encontrou papai no ônibus e começou a dizer em voz muito alta, para todo mundo ouvir, que meu pai era um dos doentes, que absurdo, que perigo. Na mesma hora começou a gritaria dos passageiros, que olhavam para papai com asco e terror como se tivessem visto uma jararaca enroscada, uma aranha peluda, um rato morfético, até que o motorista parou e obrigou papai a descer por provocar balbúrdia no transporte público. O governo nos deu uma casa em outra parte da cidade, lá onde ninguém nos conhecia, mas meu pai nunca se recuperou da tristeza causada pelo incidente no ônibus. Morreu dois meses depois, supostamente de falência renal causada pela bebida, mas eu acredito que tenha sido o grãozinho de fogo. Vários conhecidos começaram a morrer de doenças raras e fulminantes.

Nessa época, eu trabalhava como recepcionista no Castro's Park Hotel, aquele com quinze andares e duas piscinas de azulejo. Gostava do trabalho. Na época do acidente, estavam hospedadas no hotel as equipes internacionais do Grand Prix, que acontecia na cidade pela primeira vez. Um dos pilotos me contou que circulava um boato segundo o qual algo de muito sério estava acontecendo em Goiânia e, a qualquer momento, a corrida poderia ser suspensa. Era um homem muito bonito, de cabelo engomado e penteado para trás, com uma correntinha de cruz dourada no pescoço. Antes de ir embora, ele pediu meu número de telefone e me deu um maço de cigarros mentolados, que minha prima roubou da mesa de cabeceira, pois eu nem fumo.

Nunca soube se ele me ligou: dias mais tarde eu não tinha casa e morava com a minha família em uma barraca. Só sei que, quando o rumor passou a circular, o pânico se propagou e o hotel esvaziou de um dia para o outro. Ninguém mais queria vir à cidade por motivo nenhum, o telefone só tocava para cancelamento de reservas, e o hotel estava sempre triste. O gerente me chamou em seu escritório um dia para me demitir. Era final de 1987, eu tinha acabado de completar dezenove anos, e meu pai já estava sob a terra. Assim, parti para São Paulo com uma amiga, sem conhecer ninguém.

Ao chegarmos, quase arranjamos trabalho em uma joalheria da rua Barão de Paranapiacaba. Faltavam poucos dias para o Natal, e a rua estava vibrante com luzinhas e guirlandas. Mas assim que soube que éramos de Goiânia, a dona inventou desculpas e não quis nos contratar. Quando já estávamos com um pé na rua, ela nos chamou. Por um instante, achamos que talvez tivesse mudado de ideia. A mulher tinha uma curiosidade, uma pergunta que escapava de sua garganta.

Vocês brilham no escuro?

***

O PONTO DO FERRO VELHO
COMPRA E VENDA DE METAIS EM GERAL
TELEFONE 233-9269

Os catadores de sucata chegaram com o carrinho transbordando de metais: contaram-lhe que vinha da clínica abandonada das ruas Paranaíba e Tocantins, nos limites do Setor Aeroporto. Devair se lembrava do hospital porque, anos atrás, tinha visto médicos entrando e saindo de lá, e pessoas na fila para tratamento de câncer. O edifício estava em ruínas fazia tempo. Uma ala fora demolida. A parte ainda em pé não tinha teto nem janelas, por isso os sucateiros nem sonhavam em encontrar móveis e equipamento médico ainda no local. Que tipo de gente podia se dar ao luxo de abandonar um hospital com equipamento dentro?, disseram.

Devair não ligava para a origem da sucata: traziam-lhe peças de carros antigos, televisões velhas, panelas usadas, guidons de bicicleta, coisas roubadas. Os ferros pesavam uns quatrocentos quilos. Os homens aceitaram sem pechinchar os mil e quinhentos cruzeiros que ele ofereceu: estavam indo direto para o bar curar a dor de cabeça com uns tragos. Reparou no estranho bronzeado dos homens — um tom de abóbora intenso —, mas não disse nada, coisas mais estranhas eram vistas no bairro o tempo todo.

Foi surpreendido pela luz naquela noite enquanto fumava no pátio, ao lado do teto de zinco do galpão. Brotava do ferro-velho recém-comprado e se desfazia em um véu leitoso, iridescente, de múltiplos matizes, uma luminescência azul como de uma estrela ou do fundo do mar. Teve medo. Pensou nos mortos, no diabo, nos extraterrestres.

Afastou as peças e descobriu que o resplendor vinha de um cilindro do tamanho de um dedal: um tesouro em meio à sucata. Ao girá-lo, percebeu que a luz só saía para o exterior quando coincidia com uma janela diminuta: agora se vê, agora não se vê, como um truque de mágica.

Sentou-se no canto em que destripava os eletrodomésticos, à luz da lâmpada, com todas as ferramentas ao seu redor — as chaves inglesas, grande e pequena, o martelo, o jogo de chaves de fenda, a chave roquete, a broca, os alicates, as pinças, o serrote de lâmina quebrada e enferrujada —, e bateu diversas vezes no orifício com a ponta de uma chave de fenda. A janelinha emitiu um pequeno crack ao quebrar. Cutucou o olho da cápsula até tirar dali uns grãozinhos na ponta da chave de fenda: à luz da lâmpada, eram apenas sais comuns. Seriam esses grãozinhos a origem da luz?

Apagou a luz: como suspeitava, na escuridão os sais se transformaram em neve incandescente. Esfregou aquela substância, e o fulgor se estendeu pela palma de sua mão. Observou, comovido e perplexo, a combustão celeste. Ali, entre o resplendor azul e as sombras dos ferros, a ideia foi surgindo em seu cérebro como um cogumelo que põe a cabeça para fora depois da chuva: ia fazer para sua mulher o anel mais bonito, o mais brilhante, o mais insólito. Sorriu.

***

Estava em Goiânia para um projeto do governo quando recebi o telefonema. Era o diretor do hospital dizendo que, nos últimos dias, haviam chegado vários pacientes queixando-se de um mal desconhecido: vinham com vômitos, enjoo, diarreia, queimaduras. As pessoas punham a culpa em um tubo metálico, um ferro do demônio trazido pela mulher do sucateiro. E onde está?, perguntei. Em um dos consultórios, disse o diretor do hospital. A mulher?, perguntei. Não, o tubo de metal, disse. A mulher não sei onde está. E acrescentou: Acha que é possível...? O diretor se mostrava incomodado, temendo parecer ridículo. Sabe como é, essa gente ignorante inventa cada coisa, disse. Esperava que eu o tranquilizasse, que dissesse: Não se preocupe, está tudo bem. Telefonei para uma agência de prospecção de urânio com a qual havia trabalhado perto do vulcão de Amorinópolis um ano antes e pedi emprestado um detector. A secretária se lembrava de mim com simpatia; não me pediu nem assinatura.

Chegando ao hospital, encontrei dois bombeiros sentados na calçada, fumando e contando piadas ao lado do caminhão de bombeiros. Uma enfermeira me levou ao consultório onde haviam guardado o ferro. O corredor que levava ao consultório estava repleto de pacientes: mulheres grávidas, bebês de colo, velhos estropiados. A uns oitenta metros do consultório, o detector começou a se comportar de modo muito estranho: a agulha saltava tanto que pensei que estava com defeito. Voltei ao hospital com um novo detector. Mais uma vez, a oitenta metros do cômodo, o detector começou a saturar. Isso só podia significar duas coisas. Ou que ambos os detectores estavam com defeito, ou que o hospital era uma bomba radioativa.

Nisso um dos bombeiros entrou no consultório e saiu com um saco: sorriu para mim como se estivesse segurando um sanduíche de mortadela. Era a sacola de náilon em que estava guardado o ferro. Não usava nem luvas: só então percebi que o bombeiro era pouco mais que um garoto. Perguntei o que estava fazendo. Vou atirar no rio, respondeu. A secretária do hospital tinha um rádio de pilhas: olhou-me com olhos sonhadores enquanto, com as unhas pintadas, sintonizava uma canção de Cazuza. Ouvi-me gritando PELO AMOR DE DEUS! com uma voz que era um guincho, um uivo, o grasnido de um pássaro assustado e ridículo.

Evacuamos imediatamente o posto de saúde.

***

Devair não sabia a finalidade do pó encontrado dentro do cilindro que resplandecia a noite inteira aos pés de sua cama. Gabriela, sua mulher, se queixava porque o brilho lhe provocava dor de cabeça e sonhos muito estranhos; Devair se irritou com sua falta de entusiasmo, mas pensou que isso mudaria quando a presenteasse com o anel luminoso. Precisava extrair mais da substância e, para isso, devia quebrar a camada protetora da cápsula. Seus empregados do ferro-velho, Israel e Admilson, se revezaram para esmagar o aparato, primeiro com o martelo e depois com a marreta, até racharem a camada protetora; eram jovens e fortes, e não tiveram muita dificuldade. *(No mês seguinte, ambos os rapazes estarão bem mortos e enterrados em caixões de chumbo cobertos de cimento; Admilson passará sua agonia gritando o nome da mãe no Hospital Naval do Rio de Janeiro, para onde o transferiram de helicóptero, contra sua vontade.)*

Mandou chamar amigos, parentes e vizinhos, e compartilhou com todos eles o milagre dos sais fluorescentes. Seu compadre Marcio guardou um punhado no bolso e, mais tarde, o atirou no curral dos animais, para alvoroço das galinhas e dos porcos. Seu Ernesto deu os grãos de presente à esposa, que se irritou ao vê-lo chegar em casa bêbado e atirou o pó na privada sem nem olhar. Claudio cogitou que aquilo fosse um tipo de pólvora desenvolvida pelos militares e tentou incendiá-lo com o isqueiro, mas os sais não queimaram nem derreteram. Ivo, seu irmão, levou algumas pedrinhas para pintar de luz o corpo da pequena Leide das Neves, que ficou encantada com o pó mágico: a menina se sentou para jantar com as mãos cobertas de partículas brilhantes.

Só Gabriela se manteve longe da celebração. Estava receosa, impaciente, desconfiada de tanta alegria. Como cachorro que fareja a tempestade no ar, como pássaro que escuta um disparo na outra extremidade da floresta, todo o seu corpo respondia ao alerta de perigo.

***

Alguns disseram que havia sido um feijão estragado. Outros, a insolação. Outros recordaram as águas servidas fervilhando de mosquitos e telefonaram para o instituto de doenças tropicais. Alguém disse que havia sido a dona Lena, benzedeira que morava em um casebre feito de paus improvisados, e alguns quiseram ir até lá atear fogo na casa. É o que acontece com quem enche a cara até de madrugada, disse a esposa de um. É história dos empregados para não virem trabalhar, disse o dono da fábrica. Fique em repouso, disse o médico.

Gabriela passou a noite inteira ardendo em febre, pensando e remoendo. Pensou em quando tinha sete anos e viu o mar pela primeira vez na Paraíba, depois de uma viagem de três dias com o pai: um sentimento atordoante que entrava pela boca e doía, de tão grande. Pensou em como tinham dormido em redes de frente para o mar. Pensou em como seu pai vendia redes de povoadinho em povoadinho e a levava amarrada às costas, em como lhe dava na boca as comidas de que não gostava (beterraba, sardinha, couve-flor), nos porcos selvagens que tinham visto correndo na praça de Belém do Brejo do Cruz e na tempestade de relâmpagos que os atingiu certa noite em campo aberto. Pensou no dia em que seu pai lhe disse: Me espere aqui, e não voltou, e ela permaneceu parada naquela esquina até cair a noite, e nunca mais viu o pai, de quem lembrava apenas a barba e a tatuagem de âncora que dizia: Deus te ama (e em todas as vezes que havia procurado essa tatuagem no corpo dos homens). Pensou no que era sentir fome, medo, frio, nas mulheres de lantejoulas vermelhas e pernas compridas que lhe disseram: Querida. Pensou na época em que usava uma fita no cabelo e trabalhava em uma farmácia no Espírito Santo, e no homem que entrou para pedir pastilhas para a garganta, e em como olhou para ela, e então ela reparou na tatuagem de âncora perto do pulso. Pensou em como lhe disse: Tenho catorze anos, e na filha dele que tinha quase a mesma idade e um nome que ela achou bonito: Dione. Pensou no farmacêutico que a curou depois de ela ter feito aquilo e disse: Esqueça a ideia de ter filhos. Pensou no sangue, no medo de morrer e na vontade de morrer. No raio que caiu na noite da tempestade a poucos metros da árvore embaixo da qual se protegia com o pai, naquela luz azul que se via até de olhos fechados e ficou gravada em sua mente durante todos esses anos quietos, serenos, felizes, com Devair. Pensou que a vida inteira não havia feito nada além de esperar o retorno daquela luz, que era a luz do diabo.

Quando o amanhecer avançou através das cortinas, já havia tomado a decisão. Levantou-se sem fazer barulho, ainda tremendo de febre, e se preparou para sair: uma mecha de cabelo preto se desprendeu de sua cabeça e ficou emaranhada no pente. Devair se revirava na cama, o rosto tingido por aquele alaranjado irreal surgido nos últimos dias e franzido em uma expressão inquieta. Pediu-lhe desculpas em silêncio pelo que estava prestes a fazer. Suportando as náuseas, guardou o cilindro em uma sacola e partiu rumo ao hospital.

***

PROCURADORIA DA REPÚBLICA EM GOIÁS 30 NOV. 1987
INVESTIGAÇÃO POLICIAL NO 54/87

O Instituto Goiano de Radioterapia foi constituído em 2 de maio de 1972 e recebeu em 1974 o Registro Geral na Comissão Nacional de Energia Nuclear (CNEN) como usuário de material radioativo, no caso uma Bomba de césio-137, modelo CESAPAN F-3.000, fabricada na Itália (marca Generay). Posteriormente, solicitou autorização para operar uma bomba de cobalto-60, modelo Jupiter Jr. II da Generay.

Em meio a uma demanda judicial e com a mudança do Instituto Goiano de Radioterapia (IGR) à rua 1-A, n° 305, Setor Aeroporto, os proprietários do instituto levaram para lá a bomba de cobalto, abandonando a bomba de césio no prédio da avenida Paranaíba. O médico Amaurillo Monteiro de Oliveira, proprietário, contratou pedreiros para tirar do hospital telhas, janelas, portas e outros materiais de construção, deixando o local totalmente abandonado e aberto ao acesso de quem desejasse entrar.

Depreende-se da investigação que os médicos e proprietários da empresa conheciam o alto grau de periculosidade da bomba, mas optaram por abandoná-la e não notificar em nenhum momento a Comissão Nacional de Energia Nuclear de que estavam deixando as instalações da avenida Paranaíba. A bomba de césio estava abandonada havia três anos quando foi encontrada pelos catadores Wagner Mota Pereira, de dezenove anos, e Roberto dos Santos Alves, de vinte e dois.

***

CEMITÉRIO NUCLEAR DE ABADIA DE GOIÁS, 2021

No tambor #305 está enterrada Kamilinha, a boneca favorita de Leide das Neves. No #2897 ainda se encontram os ossos de Titã, cachorro de seu Ernesto. No #1758 estão todas as fotos da família Alves Ferreira. No tambor #65 é possível encontrar os galhos da mangueira da casa de Roberto Santos Alves. O tambor #3007 contém os restos das galinhas de Marcio. O tambor #2503 está cheio de pedaços de asfalto da rua 57. No tambor #13 se encontra o diário de Gislene com a lista de todos os seus amantes, de 1982 a 1987. O tambor #492 abriga as ferramentas de Devair. O tambor #666 contém rolos de papel higiênico sem uso. No tambor #27 está o vestido favorito de Lourdes das Neves, um traje de cetim azul com flores amarelas. O recipiente #1234 guarda a carta que Israel nunca enviou à ex-namorada, a única que escreveu na vida. No tambor #78 foi guardada a roupa que Gabriela Ferreira usou no hospital enquanto agonizava. O tambor #75 contém as garrafas de cerveja Brahma do bar da rua 26-A, muitas delas ainda intocadas. O tambor #789 está vazio por erro dos funcionários. O recipiente #89 oculta dois ingressos de cinema para o filme *E.T.* No tambor #1894 há uma caixa de chocolates Garoto fechada que Luiza Odet acabara de comprar no supermercado. No tambor #2406 está o documento de identidade do irmão de Admilson, desaparecido durante a ditadura. No tambor #785 há um poema escrito em um guardanapo que diz:
    st air st air st air
    st air st air st air
    st air st air st air
    st air st air st air
    st air st air st air
    st air st air st air

***

PASSEIO FOTOGRÁFICO EM ABADIA DE GOIÁS
—
DIÁRIO DA MANHÃ

Em 1952, o vaqueiro Paulino Inácio Rosa, sua esposa Salma Jorge Rosa e seus dois filhos construíram a primeira casa em uma zona rural a vinte quilômetros de Goiânia. Um dos filhos, Inácio, mais conhecido como Badico, ficou gravemente doente e precisou ser submetido a uma cirurgia de coluna de alta complexidade no Rio de Janeiro: Salma Jorge Rosa prometeu erguer uma capela em adoração à Virgem caso Badico voltasse a andar.

Dez anos mais tarde, foi inaugurada a igreja com a imagem de Nossa Senhora da Abadia, e a localidade, à qual ia chegando cada vez mais gente, passou a se chamar Abadia de Goiás. O primeiro posto de gasolina foi construído por Dorivaldo — mais conhecido como Dori —, que, mais tarde, o vendeu a Gorgonio — chamado por todos de Nego Forte —, que ampliou o local para transformá-lo na churrascaria Nego Forte, em atividade até hoje.

A apenas um quilômetro do município se encontra o cemitério nuclear, em um terreno vigiado vinte e quatro horas pelo Batalhão da Polícia Militar Ambiental. Nesse lugar, sob os montículos de terra cobertos de grama chamuscada pelo sol, jazem quarenta mil toneladas de lixo radioativo distribuídas em três mil e oitocentos tambores metálicos armazenados em uma câmara de concreto.

O cemitério deveria ser uma solução temporária para um problema sem precedentes. No entanto, há anos os vizinhos de Abadia de Goiás reivindicam em vão a transferência do lixo tóxico para outra parte do Brasil: o problema é que ninguém está disposto a receber os resíduos nucleares. A ideia inicial de enterrar os resíduos em uma base da Força Aérea na Amazônia foi abandonada depois de protestos dos indígenas da região, e nenhum outro estado quer ser responsável por um imbróglio dessa natureza.

Devido à imposição do cemitério, Abadia de Goiás decidiu se emancipar, tornando-se um minúsculo município em 1995. No entanto, o problema continuará lá por um bom tempo: o aterro permanecerá radioativo pelos próximos trezentos anos.

***

No ano do acidente, eu estava grávida de minha segunda filha e morava a cento e cinquenta metros do ferro-velho de Devair na rua 26-A. Todos passávamos pelas zonas proibidas o tempo todo: as pessoas iam e voltavam do trabalho por aquelas ruas, os jornalistas entravam nas casas para entrevistar os afetados, as crianças brincavam escondidas nas áreas contaminadas. Minha inocência era tão grande que fiquei e tive minha filha ali.

Parei de pensar no ocorrido. A cidade cresceu muito depressa, ficou repleta de condomínios e bairros novos, de gente vinda da Bahia ou do Maranhão com a família inteira e pouco interessada no que havia acontecido ali. Claro, tínhamos acabado de sair da ditadura e estávamos treinados para esquecer. Minhas filhas cresceram, eu descobri o boxe depois dos quarenta e comecei a treinar em um ginásio no Setor Aeroporto e a participar de alguns torneios regionais. Um dia, passei pela rua 57 e vi um grafite em uma parede. Era apenas um desenho, sem nenhuma palavra escrita, mas, quando olhei para ele, a história voltou à minha mente em todos os detalhes.

Foi como se aquele desenho sem assinatura em uma parede em ruínas respondesse àquele período. Fiquei tanto tempo olhando para ele, assombrada com minha própria memória, que perdi o ônibus. Voltei para casa caminhando, pensando, discutindo comigo mesma e, ao chegar, examinei minha filha mais nova das orelhas até a ponta dos dedos em busca da falha, do erro. Ela queria saber o que eu tinha, por que havia enlouquecido de repente: jamais entenderia.

Na vez seguinte que fui treinar, parei na rua 57 para tentar descobrir mais sobre o grafite: ninguém soube me dizer quem o tinha feito ou desde quando estava ali. Um vizinho explicou que o prédio estava vazio e abandonado havia muitos anos: à noite, os jovens se reuniam ali para escutar música e se drogar. Talvez eles mesmos tenham pintado, sugeriu. Andei por Goiânia inteira à procura de grafites semelhantes, mas não encontrei nada. Na sede do Instituto Goiano de Radioterapia havia um Centro de Convenções enorme e ostentoso. E na cidade inteira não havia uma placa sequer sobre o ocorrido.

Certa tarde, quando voltava da academia, uma sensação estranha me fez parar na rua 57. De início eu não soube o que era, só tive a impressão de que havia algo errado ou faltando. Depois eu vi. Era a parede. O grafite da rua 57 não estava mais lá, tinha sido coberto por uma espessa camada de tinta ainda fresca. A cor branca nunca me parecera tão brilhante e tão sinistra. Uma mulher que varria a porta de sua casa notou minha perplexidade. Até que enfim a prefeitura cobriu esses rabiscos horríveis, disse contente. Parece que vão abrir um salão de beleza aí.

***

A banda se chama Carne Radioativa. Zé Maconha toca bateria, Menina Suicida, baixo, eu na guitarra, minha namorada faz o vocal. Todos somos de Jardim Novo Mundo, só tocamos em zonas contaminadas, definimos o local na noite anterior. Nenhum de nossos pais tem casa própria. No primeiro show apareceram umas trinta pessoas, no seguinte éramos cinquenta, agora já somos mais de cem. Se temos medo do câncer? Amigo, antes do câncer seremos trucidados pela polícia.

***

Uma vez, perdemos o porquinho. Dedé deixou a porta do curral aberta sem perceber e Lampião aproveitou para escapulir durante a noite. Ficamos muito aflitos. O porquinho tinha se criado conosco, em dias de frio minha mulher o vestia com um cachecol. Choramos ao pensar que podiam tê-lo matado. Alguém apareceu em nossa casa. Disse: Por que não rezam para a santinha? É milagrosa. A mulher do carpinteiro, que não conseguia engravidar, pariu uma menina saudável depois de fazer uma oferenda. Minha mulher: E que santa é essa? Aquele alguém: Leide das Neves, santinha poderosa porque morreu novinha e sem cometer pecado. Sobrinha daquele homem, Devair, que desgraçou a família e os vizinhos com a luz envenenada. A pobrezinha morreu toda arrebentada. Minha mulher: Não é coisa de macumba? Aquele: Está enterrada em solo cristão, lá no Cemitério Parque. Na época de sua morte, uma multidão se juntou para impedir o enterro, por medo de que fosse contaminar o cemitério, até jogaram pedras nela. Os vândalos atacavam a tumba da menina. Mas, com o tempo, viram que fazia milagres, e agora sempre há flores e velas e cartas de agradecimento ao lado da lápide. Duvidávamos, mas a necessidade era muito grande. Minha mulher foi ao cemitério com um par de velas benzidas. E, naquela tarde, o filho do vizinho nos trouxe Lampião nos braços. Disse que o encontrou comendo grama no campo de futebol, bem tranquilo. O porquinho não tinha nenhum arranhão: examinamos. Aleluia!, disse minha mulher. E se ajoelhou para agradecer à santinha pela misericórdia.

***

Para chegar até a casa era preciso percorrer diversos metros de pavimento destruído, crateras de asfalto em que se aglomeravam girinos. Era a última casa, quase escondida atrás das mangueiras que despejavam a própria sombra sobre a rua. Uma mulher cobrava as entradas, e o garoto levava as pessoas até o pátio, onde um toldo de plástico azul protegia da chuva iminente. As galinhas se embrenhavam entre as pernas dos visitantes.

No centro do pátio, Devair sentado de cabeça baixa, sonolento e muito bêbado. Ao seu lado, o apresentador de terno que contava:

Senhoras e senhores, este homem sobreviveu à radiação, às queimaduras, à morte, e ao opróbrio e à tragédia. Perdeu a esposa, a sobrinha, o negócio, os funcionários, a família, a saúde, o cabelo e os amigos, mas não perdeu a dignidade, senhores!

O poder de Deus é grande, gritou alguém.

Este homem não morreu, prosseguiu o apresentador, está vivo pela graça de Deus e para a maravilha dos homens. As senhoras e os senhores estão prestes a testemunhar um feito inigualável. Este homem entrou em contato com a morte, com a malquerença, com o demônio radiante. O que é o corpo senão a criatura que respira? Abram os olhos, pois o que verão não é para pusilânimes, senhoras e senhores: o brilho da morte, a fosforescência do pecado, o homem que resplandece nas trevas.

O garoto ficou na ponta dos pés para ver melhor, e o apresentador se aproximou do interruptor para apagar as luzes. Devair, bêbado e alheio à multidão que atraía, roncou.

NOTA DA AUTORA

Embora os fatos narrados em "Vocês brilham no escuro" sejam baseados no acidente radiológico de Goiânia de 1987, trata-se de uma obra de ficção.

O prêmio Aura Estrada me permitiu fazer residências em Oax-i-fornia (Oaxaca), Art Omi (Ghent, Nova York) e Ucross (Wyoming). As estadas nesses lugares me ajudaram a conceber vários dos contos deste livro.

Os participantes das oficinas de domingo em Ithaca comentaram diferentes versões de alguns desses textos e contribuíram para que encontrassem sua forma definitiva: Janet Hendrickson, Francisco Díaz Klaassen, Eliana Hernández, Sebastián Antezana, Paulo Lorca, Giovanna Rivero, Juliana Torres, Isabel Calderón e Roberto Ibáñez. Também agradeço a leitura de Edmundo Paz Soldán, Juan Cárdenas, Martín Felipe Castagnet, Alexis Argüello, Mónica Heinrich, Juan Casamayor, Juan Pablo Piñeiro, Mariano Vespa e Adhemar Manjón. A Gabriel Mamani agradeço a foto do grafite de Goiânia.

Agradeço a Laurence Laluyaux por seu apoio e entusiasmo.

tipologia Abril
papel Pólen Bold 70 g
impresso por Loyola para Mundaréu
São Paulo, abril de 2023